A AVELEIRA E A MADRESSILVA
a paixão de tristão e isolda

lia neiva

A AVELEIRA E A MADRESSILVA
a paixão de Tristão e Isolda

lia neiva

GLOBOLIVROS

Copyright © 2014 Editora Globo S.A.
Copyright © 2014 Lia Neiva

Todos os direitos reservados. Nenhuma parte desta obra pode ser apropriada e estocada em sistema de banco de dados ou processo similar, em qualquer forma ou meio, seja eletrônico, de fotocópia, gravação etc., sem a permissão dos detentores dos *copyrights*.

Editor responsável **Luciane Ortiz de Castro**
Editor assistente **Lucas de Sena Lima**
Editora de arte **Adriana Bertolla Silveira**
Diagramação **Gisele Baptista de Oliveira**
Projeto gráfico original **Laboratório Secreto**
Capa **Andréa Vilela**
Imagem de capa **The Stapleton Collection / The Bridgeman Art Library**
Preparação **Valéria Braga Sanalios**
Revisão **Isabel Jorge Cury, Huendel Viana, Andressa Bezerra Corrêa e Erika Nakahata**

Texto fixado conforme as regras do Acordo Ortográfico da Língua Portuguesa (Decreto Legislativo nº 54, de 1995).

CIP-BRASIL. CATALOGAÇÃO NA FONTE
SINDICATO NACIONAL DOS EDITORES DE LIVROS, RJ

N338a	Neiva, Lia, 1936- A aveleira e a madressilva — a paixão de Tristão e Isolda / Lia Neiva. - 2. ed. - São Paulo: Globo, 2014. il. ISBN 978-85-250-5755-6 1. Literatura infantojuvenil brasileira. I. Título.	
14-12906		CDD: 028.5 CDU: 087.5

1ª edição, 2014
2ª edição, 2014 - 3ª reimpressão, 2022

Direitos de edição em língua portuguesa,
para o Brasil, adquiridos por Editora Globo S.A.
Rua Marquês de Pombal, 25 – 20230-240
Rio de Janeiro – RJ
www.globolivros.com.br

Para Henriqueta, amiga querida de todas as horas, que pacientemente lê e comenta com propriedade todos os meus escritos, o Tristão e a Isolda que ela viu nascer e crescer.

SUMÁRIO

Introdução
Os celtas e o romance de Tristão e Isolda 9

Capítulo I
O vinho de ervas 13

Capítulo II
No barco para a Cornualha 21

Capítulo III
Recordações de Tristão e Gorvenal 37

Capítulo IV
Uma paixão para toda a vida 53

Capítulo V
O anão Frocin 68

Capítulo VI
A fúria de Marc 81

Capítulo VII
A fuga para Morois 94

Capítulo VIII
O encontro no Vau Venturoso 107

Capítulo IX
O juramento ardiloso 117

Capítulo X
Um casamento na Armórica 125

Capítulo XI
A aveleira e a madressilva 136

Posfácio
Uma história para ninguém esquecer 147

INTRODUÇÃO
Os celtas e o romance de Tristão e Isolda

O romance de Tristão e Isolda é uma das mais bonitas lendas celtas conhecidas.

Os primeiros indícios da presença desse antigo povo, na Europa, datam do segundo milênio a.C., em regiões onde hoje ficam a Suíça e o sul da Alemanha. Sem nunca se estabelecerem como nação, os celtas viveram em tribos distintas, mas partilharam a mesma cultura, falaram dialetos provenientes de um mesmo idioma e tiveram em comum o prazer pela vida, o gosto pela luta e o pendor pela fabulação. Graças a sua grande habilidade no fabrico de armas de ferro, suas tribos se espalharam pelo continente e chegaram a ocupar Roma, só a abandonando após o recebimento de um vultoso resgate. Com as invasões germânicas e eslavas vindas do norte e a expansão do império romano, a migração celta terminou no primeiro milênio a.C., com as tribos se estabelecendo em regiões da Britânia, Irlanda,

Escócia, País de Gales e Ilha de Mann. É desses territórios insulares, especialmente da Irlanda, que provém a maior parte das fantásticas e belas histórias da mitologia céltica, entre elas a de Tristão e Isolda.

Originalmente cantadas ou recitadas pelos bardos, os poetas itinerantes que, deslocando-se de um local para o outro, deleitavam as populações, essas histórias falam de amor, de aventuras e de épicas batalhas entre os homens e os deuses. Somente nos séculos VI e VII d.C. elas ganharam uma forma escrita, através dos registros feitos pelos monges, que cristianizaram as diversas tribos celtas.

Muitas histórias se apresentam com diferentes versões em consequência da diversidade das fontes utilizadas nas transcrições e, sobretudo, devido à ação moralizadora dos monges escribas, que apagaram ou minimizaram alguns dos elementos pagãos da cultura celta — às vezes sutis, às vezes radicais, essas interferências chegam, em alguns casos, a modificar substancialmente um mesmo enredo. Entretanto, apesar de tudo, as lendas celtas ainda guardam muito da primitiva magia das antigas tribos de onde se originaram.

A história de Tristão e Isolda, tal como a de Romeu e Julieta, é sobre paixão e tragédia, mas, ao contrário desta, fragmentou-se, não sobreviveu intacta. No século XII, escritores na França, na Alemanha e na Noruega, guiando-se pelos trechos aos quais tiveram acesso, criaram suas próprias versões medievais desse romance, sem contudo produzir um texto completo, contentando-se em escrever apenas alguns trechos da trama. Somente no século XIII surgiu um texto que, agregando os episódios conhecidos, deu unidade à história. Nos anos 1800, a lenda ganharia outras versões, inclusive a da ópera de Richard Wagner.

Como não podia deixar de acontecer, os muitos escritos sobre a paixão do cavaleiro Tristão e de Isolda, a rainha de Marc, rei da Cornualha, contêm inúmeras variações, mas seus enredos sempre evoluem em torno de um núcleo comum.

Em *A aveleira e a madressilva — a paixão de Tristão e Isolda* isso também acontece e, junto à consagrada temática da lenda, coexistem a realidade histórica das tribos celtas e as situações e pormenores, que, nascidos da imaginação da autora, tentam dar ao belo e conturbado romance um matiz mais intimista.

I
O vinho de ervas

Isolda, uma rainha da Irlanda, dispensou o séquito que a acompanhava e trancou-se em seus aposentos particulares, onde preparava seus filtros e poções. A beberagem destinada à sua filha Isolda, a Loura, estava quase pronta, mas, mesmo assim, não havia tempo a perder, pois a princesa partiria dentro de poucas horas para a Cornualha, na vizinha ilha da Britânia, onde se casaria com Marc, um poderoso rei daquelas terras, e era imperioso que a levasse consigo. Com a aparência e o aroma de um vinho comum, a infusão de raízes e ervas, com pétalas de certa rosa vermelho sangue e folhas de sabugueiro negro — todas colhidas na terceira madrugada depois da lua cheia —, era, na realidade, uma poção amorosa, um poderoso filtro mágico para incendiar o coração de quem a bebesse, enredando a pessoa na mais desvairada das paixões. Sua filha e Marc precisavam tomá-lo em sua noite de núpcias, para desfrutar de uma vida venturosa. O efeito do filtro mágico se faria sentir logo no primeiro gole, envolvendo-os em um avassalador sentimento despido de prudência ou limite, que lhes garantiria um amor eterno. Sem a beberagem, poderia haver a insensatez que leva ao desastre, pois, para grande infortúnio de sua filha Isolda, a Cornualha não era como a Irlanda: seus reinos tinham hábitos e princípios bem diferentes, e isso poderia ser a desgraça dela.

O uso de poções mágicas e filtros encantatórios era uma importante prática na Irlanda, onde o misterioso e o extraordinário se enraizavam nas gentes com o mesmo ímpeto do carvalho ao prender-se no solo. Sabia-se que, muito antes da chegada dos sacerdotes celtas com seus rituais secretos, gigantes haviam perambulado pelas planícies e colinas da ilha e que várias divindades também viveram na Irlanda, ajudando os homens em épicas batalhas. Acreditava-se que a rainha Isolda descendia de uma raça de seres sobrenaturais, vindos de uma região misteriosa no topo do mundo: os Tuatha, de Danann, seguidores da Deusa-Mãe Danann, a grande divindade do Sol e da Vida. Em tempos imemoriais, eles haviam reinado na Irlanda por muitos séculos, até serem vencidos pelos terríveis gigantes da Noite e da Morte, propagadores de todos os tormentos e males que desgraçam os seres humanos. Uma vez derrotados, os Tuatha se exilaram embaixo da terra, onde passaram a viver em esplendorosos castelos. Não faltavam testemunhos de que eles retornavam à superfície transformados em minúsculas criaturas, as fadas, que povoavam as planuras e as águas dos rios e dos lagos. A rainha, dizia o povo, herdara de seus divinos ancestrais os poderes e as habilidades que a diferenciavam dos outros mortais, mesmo que estes fossem os mais importantes soberanos.

Gormond, o marido da rainha Isolda, apesar de ser um dos cinco grandes reis da Irlanda, não tinha ascendência divina, portanto não possuía os dons advindos de tal linhagem. Era uma pessoa comum e, assim como todos os outros soberanos irlandeses, não permanecia em seu castelo fortaleza, preferindo movimentar-se por todo o reino, indo de um local para o outro e, como era o hábito entre a realeza, levando consigo um séquito de nobres, bardos e sacerdotes.

Quando não estavam em vilegiatura por seus domínios, os reis da Irlanda se reuniam em Tara, o assentamento mais importante da ilha. Reconhecido como tendo sido fundado pelos Tuatha, Tara era o local dos festejos e das celebrações em honra às divindades celtas; lugar onde os bardos dos diferentes clãs dedilhavam harpas e cantavam os feitos heroicos de seus valentes ancestrais. Terminados os ritos e as homenagens, tinham início os ruidosos banquetes fartos de queijos, assados de ovelha, suculentos pedaços de carne de porco e de vaca e imensos barris de uma espumante bebida fermentada. Uma vez saciados, os reis se reuniam em assembleias tumultuadas, debatendo controvérsias e defendendo suas opiniões sobre batalhas, agricultura e criação de animais. Essas pendengas duravam de horas a dias, e os ânimos só se acalmavam com a intervenção dos sacerdotes druidas, que faziam valer suas prerrogativas de juiz e de intermediário entre os desejos humanos e a vontade dos deuses. Não raro, os encontros em Tara terminavam em lutas de espada entre as várias comitivas, já que a ingestão do álcool fazia aflorar antigas rivalidades e rancores; os séquitos reais invariavelmente retornavam desfalcados de pajens e soldados, tombados nas rixas, e sem o comando de seu chefe supremo, pois as majestades, ébrias demais para cavalgar, voltavam esparramadas na palha de suas carroças.

A rainha Isolda não se importava com a vida nômade de seu augusto cônjuge. Na Irlanda, as mulheres ocupavam uma posição privilegiada em seus clãs, exercendo grande poder nesses grupos. Resolutas nas atitudes, livres em espírito, libertas de tabus, donas de talentos vários, admiradas pelo porte robusto e pela beleza, elas eram tremendamente ardilosas e sagazes, senhoras de sua vontade e de sua sexualidade, vivenciando esta última de modo amplo, para grande espanto e reprovação dos visitantes estrangeiros. Mulheres que jamais se deixavam abater, que enfrentavam tudo e todos com desenvoltura e obstinação. O vinho que a rainha cuidadosamente preparava serviria a dois propósitos: assegurar a felicidade da loura Isolda em seu casamento com um homem bem mais velho do que ela, e garantir, através dessas bodas, que os interesses irlandeses relativos ao reino de Marc fossem alcançados sem os costumeiros aborrecimentos e escaramuças. A concórdia entre as duas terras tornara-se imprescindível, uma vez que o duque de Morholt, líder das tropas irlandesas, estava morto. O desaparecimento de seu querido irmão, o maior campeão da Irlanda, era uma perda irreparável, pois, com sua valentia extravagante e estatura descomunal, ele tinha desbaratado muitos exércitos cornualhenses. O gigantesco Morholt fora um cavaleiro assustador, que sempre deixara o inimigo atônito. Apresentando-se nas batalhas nu, com o rosto pintado de azul e os cabelos desgrenhados e tingidos de branco por uma mistura de água e cal, o duque desestabilizara todos os combates. Seus ombros enormes, suas pernas fortes como toras de madeira, seu pescoço taurino enfeitado por grossos colares de ouro, cujo fulgor cegava os oponentes, tinham-no transformado no flagelo dos campos de guerra. Sua espada decepara muitas cabeças de um só golpe, e seus gritos de alegria, ante o sangue do inimigo, haviam levado horror e pânico aos adversários. E, como ele não mais vivia para lutar e comandar as tropas de Weisefort, tornava-se imperioso que o casamento de Isolda e Marc perpetuasse um bom entendimento entre os dois povos.

* * *

— Pronto! — exclamou a rainha, tapando com cera de abelha o odre de pele de cabra contendo o precioso elixir. Depois, ela ordenou que lhe trouxessem a dama de companhia de sua filha Isolda.

— Brangien — disse-lhe —, guarde este odre e não o mostre a ninguém. Na noite mesma das bodas, antes que os noivos se recolham ao leito, derrame o conteúdo em dois cálices e o dê de beber a Isolda e Marc. Veja que o tomem até a última gota, pois é um filtro mágico, uma poção amorosa. Ao primeiro gole, eles serão tomados de um arrebatamento desconhecido; ao segundo, surgirá uma exaltação incontrolável; e, ao terceiro, se tornarão prisioneiros de uma paixão avassaladora. A missão que lhe confio é de suma importância, pois sei que o coração de minha filha se inclina a outro. A felicidade dela, na Cornualha, depende deste vinho de ervas. Se você a ama tanto quanto imagino, obedeça-me a qualquer custo. O futuro de Isolda está em suas mãos.

Pálida e trêmula, a jovem aia retrucou:

— Vossa Majestade se engana quanto aos sentimentos de Isolda. A princesa não tem nenhum interesse amoroso, nem mesmo pelo belo e galante sobrinho do rei Marc. Ela é a única mulher da corte que não deita olhos enamorados para Tristão. Eu diria que ela o odeia.

— Como se engana a inocente Brangien! Estão os seus sentidos embotados a ponto de não perceberem uma verdade tão evidente como o interesse dela pelo emissário de Marc?

— Perdão, minha senhora, mas, como amiga e confidente da loura Isolda, sei o ódio que lhe inspira o bravo Tristão. Ela não o perdoa por ele ter matado o senhor Morholt, vosso irmão.

— Minha ingênua jovem! A morte de meu irmão nada tem a ver com o rancor que Isolda demonstra pelo príncipe. Ela está dominada pelo despeito. Diga-me, Brangien, como puderam seus olhos não ver e seu coração não sentir o abalo de minha filha quando, em frente a toda corte de Weisefort, Tristão pediu a mão dela em casamento para o tio? Aquelas não foram palavras que Isolda esperava ouvir e, dessa terrível decepção, nasceu o que você erradamente chama de ódio. A princípio, quando se conheceram, ela realmente o odiou por ter matado o nosso querido Morholt, mas isso foi antes do príncipe lhe ter explicado como se dera o duelo entre eles; antes que a doce convivência com o belo príncipe a eletrizasse; antes que a deleitassem os apaixonados lais que ele recita tão bem. Ela se deixou arrebatar, e a declaração dele de que viera representando o rei foi um golpe em seu orgulho; golpe que atingiu, também, o novo sentimento, já então entesourado em seu íntimo. Sentimento cujo verdadeiro nome ela ainda não sabe.

— Majestade, eu...

— Brangien, acredite-me: o que enraivece e exaspera Isolda não está ligado à morte de meu irmão; isso é um episódio encerrado. Antes das cruas palavras de Tristão, era claro o entendimento entre os dois, que haviam selado as pazes da maneira como mandam os nossos costumes. O sentimento que agora instiga Isolda contra o príncipe, aquilo que você chama "ódio", é apenas fruto do ressentimento dela ao constatar que o homem pelo qual se interessara não a queria para si; um ressentimento àquilo que julga um insulto. Ela está humilhada. Seu orgulho está ferido. Seu coração está ferido. Não se trata mais de Morholt, mas dela mesma. É algo bem mais pessoal, mais íntimo. De todo modo, minha cara jovem, o ódio é, muitas vezes, a outra face do amor. Não se deixe enganar pelas aparências, pois são tênues os limites entre amar e odiar e, a qualquer momento, Isolda pode se dar conta dessa verdade. Seu amor por Tristão pode irromper sem que ela possa contê-lo. Isso seria terrível para os nossos interesses; portanto, nada pode interferir em seu casamento com Marc. Nenhum desejo por Tristão, nenhum envolvimento com ele. Nenhuma comoção deve desestabilizar a união que nos é vital. O vinho de ervas é a garantia de que tal não aconteça, de que Isolda e Marc desfrutarão de um amor intenso no qual não haverá espaço para o belo Tristão.

A aia aquiesceu e, escondendo o pequeno odre em um bolso da túnica, ajoelhou-se e beijou a mão da rainha.

— Quem sou eu, minha senhora, para ir contra a sabedoria de uma descendente da Deusa-Mãe? O elixir será guardado como o mais precioso dos tesouros.

— Obrigada, minha cara! Depois de o beberem, o rei Marc e a rainha Isolda serão como a madressilva e a aveleira, que não se podem separar. A trepadeira enrosca-se avidamente no tronco da árvore e, assim abraçadas, as duas atingem o esplendor, abrindo-se em flores e frutos. Separadas, a inflorescência da aveleira não acontece, e ela lentamente definha; enquanto a madressilva, sem o precioso apoio, morre. O filtro amoroso enroscará Isolda em Marc e, tal como a aveleira e a madressilva, os dois se unirão para sempre, num abraço que jamais será desfeito. O vínculo entre ambos será profundo, e o casal se amará perdidamente, com um sentimento maior do que a vida.

Presa por uma grande emoção e com os olhos marejados, Brangien prometeu cumprir fielmente o que a senhora ordenara.

Sorrindo, a rainha acrescentou:

— A magia do vinho se fará sentir por exatos três anos, mas, esgotado esse tempo, a relação de Isolda e Marc estará bem sólida e resistirá a qualquer obstáculo.

II
No barco para a Cornualha

Na embarcação, que transportava Isolda para a Cornualha, Tristão fitava as ondas do mar da Irlanda, atravessadas pela quarta vez; viajava de coração leve, na certeza de ter bem servido ao tio, que lhe proporcionara a boa fortuna dos últimos anos, os melhores da sua vida. Alegrava-o que, ao entregar-lhe a bela noiva, estaria retribuindo, em parte, as benesses recebidas e, mais do que as dádivas e as honrarias, importava-lhe a afeição que o rei lhe dispensava: uma afeição de pai. Olhou de soslaio para a princesa, apoiada na murada de estibordo contemplando a costa da Irlanda, perdendo-se ao longe. Isolda era alta, de gestos amplos, corpo rijo e bem-feito, quadril largo, próprio para o nascimento de muitos filhos. Marc se agradaria dela, com seus belos cabelos cor de ouro, que dançavam a um simples balançar de cabeça. Uma criatura algo selvagem, muito diferente das pálidas e dóceis mulheres da Britânia. A marinhagem já não a considerava simplesmente como Isolda, a magnífica princesa loura, mas como uma futura rainha em terras da Cornualha. Na véspera da partida de Weisefort, o rei Gormond pronunciara as palavras ritualísticas que, na religião celta, a tinham oficialmente designado como a prometida de Marc, e todos no barco real irlandês dispensavam-lhe as honrarias devidas a essa nova posição; a princesa era tratada como aquela que desposaria um importante rei e se tornaria mãe de seu herdeiro, fazendo que, assim, um soberano de sangue irlandês, um dia, reinasse sobre aqueles ricos domínios. Esse era um pensamento reconfortante para Tristão, pois seu tio não merecia menos do que isso.

A viagem corria tranquila, e o mar cor de safira espelhava o brilho intenso e revigorante do verão. O príncipe sentia um imenso prazer em navegar. O balançar sincopado das ondas e o estalar delas na madeira da embarcação o encantavam. O mar fazia parte de sua vida, pois ele nascera em Loonnois, uma pequena ilha não muito distante do litoral da Britânia, e, apesar de uma longa ausência, as belezas dela estavam em sua memória. Nada fora esquecido: a vegetação copiosa, os lagos, o ar salgado soprado do mar, a caça abundante, os pássaros, as lebres e os grandes cervos de galhada majestosa. Como fora prazeroso sentar-se à praia e esperar que a névoa sobre o mar se levantasse e ele pudesse contemplar a imagem longínqua do impressionante Fim da Terra, o paredão rochoso que forma a costa da Cornualha. Os velhos bem velhos de Loonnois garantiam que, em tempos muito remotos, existira uma faixa de areia e pedras ligando a pequena ilha àquele pedaço da Britânia. Talvez isso fosse verdade; talvez não, pois muitas certezas do homem se provam equivocadas.

A nostalgia fez o príncipe olhar na direção onde ficava a sua ilha, e ele se regozijou com o pensamento de, um dia, retornar a ela. Para sua felicidade, desconhecia que, no futuro, um cataclismo daria fim àquele paraíso, fragmentando-o em vários pedaços que o mar se encarregaria de afogar. A pavorosa inundação mataria quase todos na ilha, e do reino de seu pai só restariam os picos das montanhas mais altas, a despontar como um punhado de ilhotas perdidas na vastidão azul. A sua viçosa e bela terra se tornaria apenas outro dos muitos reinos perdidos a incendiar a imaginação dos homens. Mas, naquele instante, a saudade de Loonnois logo se foi, afugentada pela alegria que a chegada de Isolda daria ao velho e querido tio.

Marc era o seu único parente. Um soberano honrado e justo, tal como fora Rivalen de Loonnois, o pai que ele não conhecera, mas que sabia ter sido um rei destemido e preocupado com o bem-estar de seus súditos, um inimigo feroz de injustiças e intrigas. Ao saber que estrangeiros faziam guerra à Cornualha, seu pai se apressara em transpor o mar e lutar contra aqueles invasores. O exército dele tinha sido determinante para a vitória dos cornualhenses, e Marc, o rei, agradando-se dele de tão encantador, tão audaz e tão verdadeiro que era, oferecera-lhe sua querida irmã Blanchefleur como esposa. Os jovens se enamoraram ao primeiro olhar, e suas bodas, realizadas em Tintagel, o castelo real perto da costa, coroaram um amor puro e verdadeiro, com todos os súditos de Marc felizes pela felicidade de Blanchefleur. Mas logo um emissário de Loonnois chegara à Cornualha levando para Rivalen notícias alarmantes: o duque de Morgan, um ferrenho inimigo de muitos anos, aproveitando-se da ausência dele, havia atacado castelos, aprisionado seus mais fiéis amigos e destruído aldeias e colheitas para desestabilizar o reino e usurpar o trono. Rivalen, então, mandara aprontar os barcos e partira de volta à sua ilha, decidido a derrotar Morgan e restaurar a ordem. A jovem noiva despedira-se de Tintagel e de Marc, partindo com o audaz e amado esposo para o seu pequeno e bravo reino insular.

Fora na viagem de volta a Loonnois que ele, Tristão, aconchegado no ventre de Blanchefleur, experimentara, pela primeira vez, a doce sensação do vaivém das ondas, que voltaria a niná-lo muitas vezes mais. Fora naquela travessia que o seu amor pelo mar começara.

* * *

Tristão não era o único a se deixar levar por recordações: também Isolda se perdia em lembranças. Memórias atormentadoras. Torturava-a ter sido enganada pelo sobrinho de Marc. Ele a manipulara para conquistar a sua simpatia e, mais facilmente, conseguir o que fora buscar na Irlanda: sua mão em casamento para dá-la ao tio. O homem, que chegara moribundo ao castelo de Weisefort e recebera dela os cuidados salvadores, era um embusteiro. E pensar que ela lhe oferecera uma amizade sincera e havia se mortificado por tê-lo injustamente execrado pela morte de seu tio Morholt! Todos, na corte irlandesa, tinham-no como herói por ter se arriscado para salvá-los, mas ela sabia que o destemor dele não fora motivado por uma causa nobre; aquela demonstração de bravura fora apenas o primeiro passo na perseguição de seu objetivo. Tudo não passara de um risco calculado. O cavaleiro Tristão era um homem astucioso, que zombara da sua credulidade. Como seus sorrisos e galanteios haviam sido mentirosos! Como bem ocultara que a cortejava para outro! Ah, quanto fingimento, quanta hipocrisia, quanta insensibilidade! Cantara-lhe versos amorosos cujo ardor não sentia. Dirigira-lhe meigas frases, deitara-lhe sorrisos; tudo para conquistar-lhe o coração para um rei distante, um homem de corpo velho e certamente desinteressado pelos prazeres da vida. Como pudera uma mulher tão sagaz, tão ardilosa, se deixar lograr daquela forma? Ah, como odiava Tristão! Além do mais, o que a esperava em terras da Britânia, nos braços de um marido desconhecido? E como seriam as mulheres na corte de Tintagel? O que pensariam de seus modos desembaraçados, de seu gosto pela liberdade, de seu riso franco, de seu amor pela aventura? E foi assim, com amargura, que ela interpelou o mar:

— Por que o poderoso Nuada não convoca seus monstros marinhos para encrespar as ondas e empurrar este barco para as profundezas, matando-nos a todos? Eu não tenho medo da morte, pois sei que o Outro Mundo é feito de alegrias. E, lá, minha vida será melhor do que na Cornualha.

* * *

Entretido com os próprios pensamentos, Tristão não percebia a agitação de Isolda e não se ocupava dela.

Vendo-o contemplativo, Gorvenal, o escudeiro que o educara, aproximou-se e o tocou gentilmente no ombro.

— Sente-se feliz com o sucesso de sua ida à Irlanda?

— Sim, meu amigo! Enche-me de contentamento realizar o desejo de meu tio, ao qual muito aprecio pela bondade e pelo caráter.

Gorvenal sorriu, satisfeito com a felicidade do filho de Rivalen, pois assegurar-se do bem-estar do jovem tornara-se o objetivo de sua vida. Era recompensador saber que havia incutido, nele, o senso do dever e da gratidão; e, embalado por essa ideia, o escudeiro se entregou ao passado. Relembrou a prematura morte de Blanchefleur e o terrível assassinato de Rivalen, morto à traição, sem chegar a conhecer o seu herdeiro. Recordou-se da infância do príncipe sob a tutela do barão Rohalt, o melhor amigo do rei, e voltou-lhe à memória a incumbência que este lhe dera, a de tomar a si a educação do rapazinho: "Meu bom escudeiro, Tristão já tem sete anos e não convém que continue sendo cuidado pelas mulheres da minha casa, que o mimam demais. É chegada a hora de você, um mestre em muitas artes, ocupar-se dele. Ensine-lhe as artimanhas das lutas e do manejo das armas. Faça isso por mim, por Rivalen e por Blanchefleur".

Ele cumprira a missão com amor e zelo e, no correr dos anos, ligara-se a seu pupilo por uma grande amizade, nascida do companheirismo. Moldar o caráter do príncipe tinha sido fácil, pois sua índole era boa e sua inteligência, vivaz. O menino logo se tornara um jovem destemido, do qual o pai teria se orgulhado.

No décimo quarto aniversário de Tristão, a tarefa de contar-lhe as circunstâncias de seu nascimento fora sua. Principiara falando dos festejos que haviam alegrado o reino mesmo com o rei ausente, lutando contra os seus inimigos. Não escondera a dor de Blanchefleur, que, ao saber, logo após o parto, do assassinato de Rivalen, se desesperara e se consumira com um pesar sem retorno, definhando até não mais sair do leito; contara também que, para tristeza de todos no reino, a gentil rainha não conseguira suportar a ausência do amado e entregara-se à morte. Os olhos de Tristão se haviam enchido de lágrimas ao inteirar-se de que, antes de partir para o Outro Mundo, a mãe o tomara nos braços e, chamando-o Tristão, pelas tristes circunstâncias de sua vinda ao mundo, o acariciara e beijara pela última vez, deixando-se, então, pacificamente levar. E, comovido, ele arrematara: "Tristão, as janelas dos aposentos reais se fecharam para sempre em sinal de luto e dor, e você foi cuidado com muito desvelo pelas aias, que amavam Blanchefleur".

Gorvenal suspirou com aquelas pungentes lembranças, mas, em contrapartida, pensou que o passado também tivera o seu quinhão de alegria: "Menino, já é hora de você aprender a esgrimir. Agarre esta espada de madeira e acompanhe-me ao pátio". E, com voz de trovão, insistira: "Copie os meus movimentos como se a sua vida dependesse disso". Tristão o imitara e, em dois tempos, gritara feliz: "É fácil! É muito fácil! Eu quero lutar com espadas de verdade". E, apesar de encantado com aquela demonstração de confiança, ele rebatera: "É cedo! Tenha paciência, menino. Ainda há muito que aprender".

E, assim, várias espadas de madeira se haviam quebrado no ardor dos duelos de mentira. Um dia, ele anunciara ao príncipe: "Amanhã você lutará com uma lâmina de verdade". O progresso de Tristão fora tão rápido que logo eles começaram a esgrimir com espadas de dois gumes. Em seguida, vieram os treinos com arco e flecha e, em poucas semanas, o príncipe havia ultrapassado qualquer expectativa. Para torná-lo um guerreiro completo, faltava o enfrentamento corpo a corpo com punhal e, nisso, ele também rapidamente se sobressaíra.

Num belo dia, o barão presenteou Tristão com um magnífico garanhão puro-sangue trazido da Espanha, e o príncipe rapidamente se tornara um habilidoso cavaleiro. Nada havia que seu corpo e sua mente não assimilassem com presteza. Depois, fora a vez dos torneios contra os jovens das famílias nobres da ilha, e das caçadas aos cervos e aos javalis, logo transformadas no grande prazer do herdeiro; sua habilidade estendera-se a esfolar e esquartejar a caça com perfeição para não danificá-la. Aquela vida ao ar livre moldara-lhe um corpo atlético, que causava admiração e provocava suspiros nas donzelas de Loonnois.

Gorvenal lembrava-se muito bem de uma advertência que dera ao jovem Tristão: "Um cavaleiro não pode ser apenas um campeão em armas; é preciso saber agradar às damas com a delicadeza de poesias e músicas". E melhor fez do que falou. Assim, a harpa ganhara a mesma importância do punhal e da espada, e o príncipe a dedilhava com mestria enquanto recitava trovas e lais com voz grave e doce.

Quando Tristão completou quinze anos, o senhor de Rohalt, temendo que velhos inimigos de Rivalen atentassem contra a vida do jovem, insistira em que o escudeiro e o príncipe partissem para a Cornualha, onde reinava Marc, o irmão de Blanchefleur. "Vá com ele, Gorvenal, e cuide para que nada de mal lhe aconteça. Fiquem em terras estrangeiras até que ele se torne homem."

Os preparativos para a viagem tinham sido rápidos, e ao se despedir de seu pai adotivo, Tristão explicara: "Não desejo que meu tio saiba quem sou. Sua afeição por mim deve nascer e crescer na ignorância do laço de sangue que nos une e, para isso, nada levarei que me identifique como o príncipe nascido de sua irmã. Irei sem nenhum objeto de valor e chegarei à corte da Cornualha como um jovem qualquer, apenas o filho de um mercador em busca de bons negócios. Gorvenal e eu aportaremos sozinhos, em um barco pequeno, como convém às pessoas dessa categoria. Só revelarei a minha verdadeira identidade quando o momento certo chegar, e Marc ficará contente de ter consigo o filho de sua querida Blanchefleur".

As recordações de Gorvenal foram interrompidas por Tristão, que o cutucou na cintura.

— O que o faz tão pensativo, meu querido escudeiro? Já lhe fiz duas perguntas e não recebi respostas.

— Velhas memórias. Lembranças antigas ligadas a você. Nelas, estávamos justamente rumando para a Cornualha para evitar os inimigos de seu pai.

— Se bem me recordo, aquela viagem foi bastante atribulada por horríveis tempestades e ondas gigantescas, cortadas pelo nosso valente barco com muita dificuldade. Lembro-me de você nauseado e eu adorando cada instante daquelas turbulências. Foi uma ótima experiência, provavelmente igual a que senti quando abrigado no ventre de minha mãe.

— É! E você suportou muito bem os trovões e o infindável sobe e desce do mar furioso, mostrando-se verdadeiramente encantado com aqueles desagradáveis solavancos.

— O mar me agrada mais do que a terra, Gorvenal, e se eu não fosse príncipe, seria marinheiro.

O enlevo de Tristão despertou o mau humor do escudeiro:

— Pois eu gosto de sentir o chão sob os meus pés. Os homens foram criados para viver em solo firme e não para se balançar nas águas. Além disso, o mar é um lugar de assombrações e perigos inimagináveis.

Tristão retrucou:

— As cavernas e os abismos da terra também são bastante perigosos. Todos os dragões habitam cavernas, e as entradas para os temidos mundos das profundezas estão escondidas nas vertentes dos abismos. O mar só parece selvagem, Gorvenal; na verdade, ele é apenas inquieto, e eu acho que não existe nada melhor do que singrá-lo em um belo barco. Navegar pela vastidão azul é terrivelmente lindo!

— O seu mar inquieto está, outra vez, revirando as minhas entranhas, e eu não o acho nada lindo. E não zombe dos meus medos!

Tristão riu em fingida caçoada, e Gorvenal retrucou:

— Deixe estar, rapaz! Vou levar os meus receios para a proa e conversar com os marinheiros, que talvez sejam mais compreensivos.

Mas, mesmo na proa, as velhas lembranças não abandonaram o escudeiro, e as imagens da primeira viagem para o reino de Marc voltaram fácil à sua memória. Ele se ouviu gritando por Tristão: "Rapaz, olhe aquele escarpado paredão à esquerda! É a Cornualha. É onde está o reino de seu tio!".

O barco deles se aproximara da costa e, vista de perto, aquela parte da Britânia não lhes pareceu convidativa. Era apenas um íngreme costão rochoso, elevando-se a perder de vista e sem lugar onde aportar. Uma região agressiva; uma vertente assustadoramente alcantilada e negra, contra a qual o mar estrondava, levantando furiosas franjas de espuma branca. "Filho", ele dissera, desanimado, "o reino de seu tio está encarapitado lá em cima e, para alcançá-lo, teremos que escalar esta encosta pavorosa, mas, por ora, o nosso maior problema é encontrar uma enseada onde atracar."

O timoneiro do barco sugerira: "Príncipe, acho que devemos navegar ao longo da costa até acharmos um local adequado para lançar âncora. Baixaremos então um bote, que Gorvenal remará até a terra. E que os deuses os ajudem na escalada para o reino de vosso tio".

A sugestão fora aceita, e eles navegaram até uma minúscula baía com um pequeno porto deserto, onde gaivotas de plumagem cinzenta davam voos rasantes e piavam assustadas com a chegada de intrusos. Cuidando para não serem bicados,

Tristão e ele haviam passado para um pequeno bote e rumado na direção do atracadouro. Lá, amarraram-no a uma estaca e, sentados na rocha molhada, viram o grande barco levantar âncora e partir no rumo de Loonnois. Uma nova vida começava.

Fora Tristão quem enxergara o estreito caminho serpenteando encosta acima: "Vamos, Gorvenal, anime-se! Eu tenho muita pressa de chegar ao reino de Marc".

Subir o paredão não fora fácil. A Cornualha quase tocava as nuvens de tão alta que era. Eles nunca tinham se deparado com um despenhadeiro igual e muito se arriscaram para alcançar o topo, mas a paisagem lá em cima era arrebatadora: um campo coberto de rasteiro capim verde-esmeralda, salpicado de diversas flores silvestres. Ao longe, um bosque cortava a planura. Resolveram ver o que havia entre as árvores.

O vento zunia forte, dificultando a caminhada e fazendo a distância parecer maior do que na realidade era. Os dois gastaram um bom tempo a percorrê-la, e chegaram ao arvoredo esfaimados e sedentos, embrenhando-se à procura de frutas e de água. A mata de faias, carvalhos e pinheiros era um lugar bonito e acolhedor, pontilhado de muitas sombras; compacto, oferecia um abrigo perfeito contra o vento.

De repente, a despreocupação deles transformara-se em cautela ao ouvirem um ruído de vozes masculinas: homens conversavam não muito longe do local onde eles descansavam. Procurando não serem percebidos, caminharam na direção do som e encontraram quatro caçadores golpeando furiosamente um veado abatido a flechadas. O animal estava sendo atabalhoadamente destroçado a machadadas em vez de corretamente dividido nas juntas para evitar o desperdício de carne. Os golpes o esmigalhavam, e o sangue do cervo espirrava longe. Ao vê-los, os homens haviam interrompido a chacina para examiná-los de alto a baixo. Ele, Gorvenal, os cumprimentara, amistoso, mas os caçadores grunhiram uma resposta desconfiada. Ele insistira: "Eu sou um velho marinheiro e o meu jovem amigo é filho de um mercador. Somos de uma ilha a oeste daqui, mas a embarcação onde viajávamos naufragou e somente nós dois sobrevivemos. Chegamos a estas terras em um pequeno bote, que deixamos ancorado na praia lá embaixo. Estamos cansados e famintos".

O mais idoso dos caçadores apanhara uma bolsa de couro bastante gasta e retirara um pedaço de carne salgada, cortando-a em dois com uma intimidante faca.

"Comam!"

Outro caçador lhes dera água de um odre preso a tiracolo. Eles mastigaram e beberam com prazer. Comeram calados, esperando que os estranhos tomassem a iniciativa da conversa. Não tiveram que aguardar muito.

"O que vocês estão fazendo na Cornualha?"

"Cornualha?", Tristão fingira surpresa. "Eu não sabia que o nosso barco estava tão longe de casa!"

"E o que pretendem fazer agora que sabem?", perguntara o caçador da bolsa de couro.

Ele, Gorvenal, dera de ombros:

"Acho que devemos descansar e, depois, tentar voltar à nossa ilha."

Os homens haviam concordado com um sinal de cabeça, e Tristão, sentindo que era hora de confraternizar, dissera humildemente:

"Se vocês me permitem, eu gostaria de mostrar como nós esquartejamos a caça em Loonnois. É um pouco mais trabalhoso, porém menos sangrento e sem tanto desperdício de carne. Empreste-me aquela sua faca de lâmina longa e afiada, senhor caçador."

E, com muita habilidade, o príncipe desencaixara as juntas do animal, dividindo-o em vistosos pedaços, que descarnara com rapidez. O trabalho só não ficara perfeito por causa dos golpes desastrosos dados anteriormente pelos caçadores, que o admiravam boquiabertos.

"Como pode um filho de mercador desmanchar uma caça com tanta destreza?", perguntara o mais velho dos caçadores.

"Quem o ensinou a usar a faca dessa bela maneira?", indagara o homem da bolsa de couro.

Tristão sorrira como que encantado com os elogios.

"É o modo como aprendemos a fazer em Loonnois", respondera, modesto.

Os caçadores se haviam entreolhado, e um deles dissera:

"Acho que devemos ir a Tintagel e mostrar esta fantástica novidade ao rei Marc. Sua Majestade ficará maravilhado, pois, cortada assim, a carne se torna, com certeza, mais saborosa."

Fora a vez de Tristão perguntar, fingindo inocência:

"Este veado é para a mesa do rei?"

"Claro! Neste bosque, toda a caça é para o castelo."

"Então vamos torná-la mais apresentável para Sua Majestade", Tristão sugerira, entrevendo a possibilidade de aproximação com Marc. E, piscando disfarçadamente para o escudeiro, prosseguiu: "Ajude-me, Gorvenal".

Assim, na mesma hora os dois tinham cortado e desbastado alguns galhos de árvore e enfiado neles os vários pedaços da caça. Tristão se apressara em dizer:

"Pronto, amigos! Levem estes espetos ao rei com os nossos sinceros votos de uma excelente refeição."

O gesto agradara ao chefe dos caçadores e resultara em um convite:

"Por que vocês não nos acompanham ao castelo? Nosso soberano é uma boa criatura e os recompensará pelo belo serviço." E coçando a cabeça grisalha, repetira, perplexo: "Como pode o filho de um mercador saber o que aqui não sabem os filhos dos nobres?".

Tristão se apressara em responder:

"Acompanhá-los ao castelo é uma bela ideia, meu bom homem."

Os caçadores, então, os guiaram rumo ao norte, pois Tintagel, a fortaleza de Marc, erguia-se naquela direção, em um promontório a algumas milhas dali. Um local desolado e árido, onde o vento soprava forte, mas que muito agradava ao rei por sua proximidade com Morois, a floresta onde viviam os maiores javalis da Cornualha, explicaram os caçadores. No caminho para o castelo, eles haviam passado por vários campos cultivados, e num pomar Tristão colhera uma bela maçã. Adiante, esparramava-se uma planura deserta e, logo em seguida, avistava-se uma grande construção.

"Lá está Tintagel, um dos castelos do nosso amado rei; o outro, Lancien, fica longe do mar, em uma bela e verdejante planície. Logo, vocês poderão avistar-se com Marc."

A emoção de Tristão transparecera em sua voz ao dizer:

"Será prazeroso conhecer um soberano tão querido."

Os caçadores concordaram sorrindo. Após caminharem por quase meia hora, eles puderam contemplar de perto todo o esplendor do castelo fortaleza. Tintagel era impressionante. Erguido com blocos de pedra escura, tinha duas torres de defesa com seteiras voltadas para o campo aberto e uma terceira, com janelas para o pátio identificando-a como o *donjon*, abrigo a ser utilizado em caso de assalto ou de cerco. De tão altas, as torres de Tintagel pareciam desafiar as nuvens. A cidadela abrigava também as casas dos que trabalhavam diretamente para o rei, e ficavam separadas das outras habitações por um fosso transposto por uma ponte levadiça. Além da água que o cercava e das duas torres de defesa, o castelo fortaleza também era protegido por sólidas muralhas.

Ao vê-los ao pé do fosso, uma sentinela fizera soar a sua trompa, e a ponte fora imediatamente baixada; metade de um pesado portão de madeira abrira-se, rangendo nas dobradiças. Seguindo os caçadores, Tristão e Gorvenal entraram em Tintagel e subiram uma ruela estreita e sinuosa, que levava diretamente ao pátio da cidadela. À passagem deles, as pessoas se voltavam curiosas, pois era muito rara a presença de visitantes naquela residência longe de tudo.

O pátio era quadrado e tinha um grande poço coberto por um telhado de colmo. Em seu lado esquerdo, erguia-se a praça de armas e, à direita, achavam-se as estrebarias e os canis com magníficos perdigueiros. Vários homens iam e vinham, cuidando de diversas atividades, e muitos deles se aproximaram, olhando com admiração para as porções de carne espetadas nos galhos de árvore. O inusitado modo de carregar a caça tinha provocado muitas exclamações de espanto. A vozearia atraíra o rei, que acorrera ao encontro deles e mostrara-se tão surpreso quanto os seus súditos à visão dos surpreendentes espetos. Depois de examinar os pedaços do cervo, o rei Marc gesticulara como a pedir explicações. O caçador-chefe, então, contara sobre o encontro no bosque.

O soberano ficara tão entusiasmado com o novo modo de trinchar os animais abatidos que se dirigira a Tristão e a Gorvenal:

"Sou um grande apreciador de caça e estou encantado de poder saborear uma carne tão bem cortada. Por que vocês não pernoitam aqui em Tintagel e me contam mais sobre os seus interessantes costumes?"

"Vosso convite nos honra, amável senhor!", Tristão respondera, cerimonioso, enquanto observava disfarçadamente o tio baixo e forte, mais velho que moço, de rosto comprido e orelhas salientes. Um homem feio, porém simpático.

"Então, sigam-me!"

À noite, no grande salão enfeitado com tapeçarias, o rei lhes oferecera uma esplêndida refeição: carne de carneiro e de javali, pão de trigo, nozes secas, vinho e cerveja. Depois, um bardo da Terra de Gales cantara lindos lais celebrando a vida, o amor e as batalhas vitoriosas. Animado pela música e pelo vinho, Tristão recitara vários versos aprendidos em Loonnois. Fora o bastante para o rei os convidar a permanecer em Tintagel pelo tempo que desejassem. E, assim, sem nenhuma dificuldade, eles se haviam agregado ao séquito real. Tristão fora convidado a dormir no quarto de Marc, onde já pernoitavam várias outras pessoas fiéis ao trono, e tranquilamente declarara-se lisonjeado com a honraria, fingindo não perceber os olhares rancorosos de alguns velhos amigos do soberano, ressentidos com a súbita distinção concedida a um estranho.

Por três verões, Tristão e Gorvenal se deleitaram em companhia de Marc; três verões de muita alegria e aprendizado sobre as maneiras de uma corte mais sofisticada do que a de Loonnois. Tristão tornara-se uma presença constante junto ao rei, acompanhando-o em todas as caçadas e sentando-se a seu lado na grande mesa do salão. Nos outros momentos, o príncipe participava de justas com os cavaleiros. Em um de seus aniversários, Marc o presenteara com magníficas armas e lhe oferecera um posto em seu exército. Uma bela e viril amizade tinha nascido entre os dois e era justamente esse afeto que fazia Tristão aguentar, com estoicismo, o mau humor de Isolda durante toda a viagem, da Irlanda à Cornualha.

III
Recordações de Tristão e Gorvenal

O barco real irlandês singrava ondas pacificadas, e o sol descaía no horizonte quando Tristão se aproximou de Gorvenal.

— Mais três dias e chegaremos à Cornualha. Será bom entregar Isolda a Marc, pois ela não esconde o seu rancor por mim, e a nossa convivência piora cada vez mais.

— Isolda não consegue perdoá-lo pela morte do tio e continua acreditando que você o atacou de maneira desleal.

— Impossível! Eu lhe expliquei tudo em Weisefort: desde a chegada de Morholt ao castelo de Tintagel até o nosso desesperado combate travado na ilha. Contei-lhe que ele se mostrara extremamente belicoso, exigindo de Marc o cumprimento de um tratado feito anos antes, logo após o último conflito entre os dois reinos.

— Aquele sobre o envio de jovens para servir como escravos na corte do pai dela? — perguntou Gorvenal.

— Esse mesmo! Disse-lhe que meu tio se recusara a continuar cumprindo o tratado por ser mais que suficiente o número de cornualhenses já enviados à Irlanda; garanti que a recusa dele só fizera aumentar a fúria de Morholt, que, achando-se imbatível, decidiu vingar-se, propondo um duelo contra o mais valente cavaleiro de Tintagel, seguramente com a intenção de massacrar o adversário para amedrontar a corte e forçar meu tio a voltar atrás.

Gorvenal sorriu.

— E como tremeram os campeões da Cornualha! Nenhum quis enfrentar o gigante irlandês, considerado o guerreiro mais hábil, intimidante e cruel dessas ilhas. Foi muita audácia a sua, Tristão, oferecer-se como adversário de um brutamonte quase três vezes o seu tamanho, que, além do mais, lutava com uma espada mágica.

— Eu apenas pensei em ajudar meu tio, Gorvenal. Era preciso tirá-lo daquele impasse terrível e, como Morholt tinha declarado que só lutaria com alguém de sangue real, o duelo me proporcionava a ocasião perfeita para revelar a Marc minha verdadeira identidade.

— De qualquer forma, aquele foi um momento soberbo; encarando o gigante, você disse com altivez: "Eu sou filho do rei Rivalen de Loonnois e da princesa Blanchefleur, irmã do soberano deste reino. Meu berço é tão nobre quanto o seu". Lembro-me do espanto da corte, que primeiro emudeceu e, depois, irrompeu em palmas. A felicidade de Marc foi tão grande que o impediu de pensar nas consequências da sua audácia, e ele o abraçou e o beijou, encantado de ter, finalmente, encontrado alguém de seu sangue para sucedê-lo no trono. E felicidade das felicidades foi que o sucessor era nada mais nada menos do que o filho de sua querida irmã, o jovem que ele aprendera a amar e a admirar. E como foi bom ver a enorme decepção daqueles quatro barões que pretendiam a coroa de Marc! O inesperado aparecimento de um parente direto do rei era a última coisa que eles desejavam.

— É verdade! Mas, naquele instante, não me importou o desagrado deles; meu pensamento estava no duelo com Morholt e, mesmo bastante apreensivo, eu sabia que havia feito o certo.

— Eu sei e o amo ainda mais por isso. Fiquei muito orgulhoso do seu gesto, apesar do medo que senti. O mesmo aconteceu com os cortesãos de Tintagel, cuja alegria esvaiu-se ao se darem conta do que significava duelar com Morholt. Foi um momento de grande tensão. Seu tio caiu em si e tentou evitar a luta, propondo ao duque várias compensações, mas o homem gostava de sangue e rejeitou cada uma delas. Acho que Marc esteve a ponto de concordar com o envio dos escravos, no que, certamente, teria sido impedido pelos barões, desejosos de ver Tristão, o inoportuno herdeiro, massacrado pelo gigante. Mas, antes que seu tio desse sua palavra final, você se dirigiu ao irlandês e disse em voz alta e clara: "Amanhã, quando o sol estiver no meio do céu, nós nos encontraremos na pequena ilha aqui em frente".

Gorvenal calou-se, pensativo, e depois perguntou:

— Por que você nunca me contou o que exatamente aconteceu naquela ilha?

— O duelo foi tão apavorante que achei melhor esquecê-lo.

— Mas você o contou a Isolda quando esteve em Weisefort para pedi-la em casamento.

— Pelos motivos que já lhe expliquei: para que ela soubesse como o seu tio morrera. Ela não acreditava que Morholt tivesse tombado em um combate leal, pois o achava um guerreiro invencível. Tinha certeza de que eu o matara à traição e me via como um assassino. Por isso me odiava. Isolda tentou matar-me quando descobriu quem eu era. Eu lhe tomei a espada e, para evitar que ela no futuro atentasse outra vez contra mim, resolvi contar-lhe tudo sobre o duelo.

— Pelo visto, ela não aceitou a sua explicação, pois continua a odiá-lo.

— Assim é! Mas eu lhe dei todos os detalhes; não lhe escondi nada. Na ocasião, ela pareceu acreditar em mim e reconhecer a lisura do combate. A paz entre nós foi selada, e eu realmente não entendo o rancor de agora.

— É uma situação lamentável, sendo Isolda a futura rainha de Marc e você, o sobrinho dele. Talvez minha filha tenha apenas fingido perdoá-lo. Conte-me a história exatamente como contou a ela.

— Está bem! Comecei pela chegada de Morholt; depois, falei da aflição de Marc com o duelo e da emoção dele quando me presenteou com um lindo elmo e uma belíssima espada que lhe pertenciam. Descrevi o cortejo pesaroso que me acompanhou até a praia onde estava o bote para me levar à ilha. Até mencionei a estranha euforia, uma espécie de curioso arrebatamento que senti ao remá-lo. Falei de seu tio esperando-me na areia, calmamente sentado à sombra de uma árvore ao lado de seu barco. Falei da forte impressão que senti ao vê-lo nu, rosto e corpo enfeitados de azul e com a imensa cabeleira eriçada pintada de branco. Aquele gigante coberto de ouro — colar, braceletes, elmo, cinturão e espada — parecia uma visão mágica; uma resplandecente divindade. Contei que eu havia empurrado o meu minúsculo barco de volta ao mar ao chegar à ilha e de como isso enfureceu seu tio, que se aproximou gesticulando e me questionando sobre o motivo de eu ter largado o meu bote à deriva. Fui sincero com Isolda e repeti a desafiadora resposta que dei a Morholt:

"É preciso apenas um barco para levar o sobrevivente de volta ao castelo, e o seu é suficientemente bom para mim". Enfatizei a gargalhada e a zombaria dele quando disse: "Você fez bem em soltar o seu bote, príncipe, porque ele é pequeno demais para mim". Então, eu disse a Isolda que, sem esperar por outra provocação, avancei de espada em punho contra o tio dela, mas que ele, ágil como um felino, girara o corpo, e o meu golpe se perdera no ar. Contei das sucessivas investidas dele, dos seus insultos e ameaças: "Eu vou decepar a sua cabeça e atirar o seu corpo às águas como um banquete aos peixes. Já trucidei dezenas de moços como você e considero que mesmo um velho javali é um oponente melhor". Também falei de como eu me esquivava pulando de um lado para o outro, esperando uma oportunidade para atacá-lo. Repeti o sinistro aviso que ele gritou quando trocou a lança pela espada: "A ponta desta arma foi mergulhada em um veneno especialmente preparado por minha irmã Isolda; ele é tão violento que transforma qualquer arranhão em um ferimento mortal. Prepare-se para morrer, pois logo eu o despacharei para o Outro Mundo". Mencionei a ferida que aquela espada abriu em minha coxa e que, desesperado, procurei fazê-lo perder a concentração, forçando-o a uma distração fatal. Falei de como fui bem-sucedido, conseguindo golpeá-lo na cintura, forçando-o a se abaixar para, então, atingi-lo na cabeça. Acertei-o no meio do crânio e ouvi o barulho de seus ossos se quebrando. Ele deu um grito de dor, cambaleou até a beira da água e caiu morto, para espanto dos companheiros que o esperavam em um barco fundeado ali perto. Mencionei que, ao remar de volta para Tintagel, vi o cadáver de Morholt sendo colocado na embarcação irlandesa, que rapidamente se pôs ao mar. Falei, ainda, da dor excruciante que sentia e que me fez desmaiar tão logo cheguei ao castelo. Para não constrangê-la, omiti as homenagens que me esperavam no castelo e a alegria de Marc ao ver-me vivo. Foi isso que contei a Isolda, Gorvenal.

— Realmente, nada do que lhe disse justifica a animosidade dela. Acho melhor não tentar entendê-la, Tristão. Deixe esse problema para Marc. Agora, chega de conversa, porque tenho assuntos a tratar com o timoneiro.

Tristão continuou na amurada, olhando o mar e relembrando os dias terríveis depois do combate. Como Morholt bem avisara, a ferida causada por sua espada infeccionara além de qualquer expectativa e, mais dia menos dia, o veneno nela o mataria, pois não havia em Tintagel quem pudesse neutralizá-lo. Na Cornualha, ninguém sabia como combater a substância peçonhenta que apodrecia sua coxa, fazendo-a exalar um cheiro nauseante. A febre o consumira, e suas forças diminuíram visivelmente, mas, de repente, ocorrera-lhe que um veneno preparado em terras celtas teria, lá, o seu antídoto, e ele acreditara que, em algum lugar na Irlanda, encontraria quem derrotasse aquela podridão fatal. Dizia-se que por aqueles reinos viviam sacerdotes conhecedores de plantas curadoras que manipulavam para fabricar poções secretas e unguentos mágicos capazes de afugentar a morte. Por isso, ele se pusera ao mar, na esperança de que a sorte o guiasse na direção deles. Pedira para ser colocado em um barco sem remos nem vela, pois não tinha forças para manejá-los, e pretendia deixar que as correntes e as marés o empurrassem para a salvação. Mesmo enfraquecido, levara sua harpa para ter a música como companhia, sabendo que o mavioso som das cordas o acalmaria e diminuiria a dor lancinante da infecção. A corte de Tintagel acompanhara-o ao cais, lamentando a sorte aziaga que o roubava da Cornualha; para seu tio e para Gorvenal, aquela despedida soara como um pavoroso adeus.

Deitado no fundo do caíque e queimando de febre, ele perdera a noção do tempo. Oscilando entre a vigília febril e a semiconsciência, não vira seu pequeno barco vogar ao sabor das ondas e aproximar-se do litoral da Irlanda. Mal sentiu quando dedos calejados tocaram o seu rosto; depois, vozes rudes invadiram o seu mundo penumbroso e mãos vigorosas o seguraram. Alguém levantara sua cabeça e o fizera tomar um gole de uma bebida forte, espantando o torpor. Viu-se transportado até a praia. Seus salvadores falavam todos ao mesmo tempo e, da algazarra, ele só distinguira duas palavras: rainha Isolda. Tornado mais alerta pelo álcool, compreendera que o seu pequeno barco tinha justamente rumado para o reino da irmã de Morholt, significando que o contraveneno para livrá-lo da morte estava ao seu alcance. Só bem mais tarde ele tivera ciência de que o seu resgate se dera graças à curiosidade daqueles homens do mar, que, regressando de uma puxada de rede, tinham visto um barco navegando sozinho e ouvido uma misteriosa melodia; imaginando tratar-se de uma embarcação mágica, eles haviam resolvido capturá-la. Seus salvadores tinham ficado muito decepcionados quando o bruxedo e o encantamento esperados se transformaram em um pobre homem deitado no fundo do caíque, agarrado a uma harpa.

Os pescadores o haviam levado para o palácio real, na esperança de que os conhecimentos da rainha Isolda o arrancassem da morte. Lá, ele ficara aos cuidados de uma jovem aia que, utilizando-se de poções e pastas muito especiais, limpara e cobrira as ulcerações apodrecidas de seu corpo, aliviando imediatamente as dores excruciantes. Aos poucos, os unguentos preparados pela soberana expulsaram o veneno que corria por suas veias, e com a melhora viera o medo de que algum companheiro de Morholt o reconhecesse como o adversário que o matara em duelo. Para escapar de uma provável vingança, ele afirmara chamar-se Tantris e ser apenas um bardo viajando com um mercador cujo barco soçobrara num temporal. Mentira desnecessária, pois a infecção o desfigurara tanto que nenhum dos homens de Morholt o reconheceria se o visse.

Por sete dias a aia se desvelara em cuidados e, certa manhã, anunciara sorrindo que seu rosto já tinha uma aparência humana. Na possibilidade de ser identificado pelos amigos do duque, ele decidira partir imediatamente. No instante mesmo de deixar o castelo de Weisefort, deitara um último olhar ao perfumoso jardim para além de sua janela e vira uma jovem de longos e ondulados cabelos louros; belos cabelos de um tom dourado como ele nunca imaginara existir; cabelos da cor do ouro das joias mais preciosas. Aquela cabeleira exuberante ficara gravada em sua memória; uma linda visão da qual ele jamais se esqueceria.

Seu regresso à Cornualha causara grande surpresa e alegria, pois todos o julgavam morto. Gorvenal e seu tio não se cansaram de abraçá-lo, mas os quatro barões, que desejavam o poder e haviam festejado o seu desaparecimento, ficaram enraivecidos e frustrados. No banquete que comemorava a sua volta, um deles brindara ao rei:

"Que Vossa Majestade tenha vida longa e logo encontre uma dedicada esposa, que lhe dê muitos filhos."

Gorvenal afirmara-lhe que os votos foram um modo de lembrar Marc da necessidade de um herdeiro direto e que não passaram de uma manobra para tentar afastá-lo do trono. Um filho de Marc era tudo o que os barões precisavam para que a coroa não lhes fugisse das mãos, já que o rei, não sendo jovem, estava fadado a morrer em breve, e seu filho seria apenas uma criança quando ele partisse para a Outra Vida. O reino precisaria, então, de uma regência. E quem melhor do que um dos quatro para governar até a maioridade do herdeiro? "Tristão", o escudeiro lhe dissera, "seu tio confia em mim e me faz confidências. Ele sabe que a continuidade de sua dinastia está em jogo e por isso consultou um adivinho a respeito do assunto; o mago vaticinou com palavras muito claras: 'Um filho é a perfeita solução para o vosso reino, mas esperai até receber um sinal enviado pelos deuses; ele virá na forma de um fio de cabelo louro. Devereis esposar a mulher a quem ele pertence. Não vos caseis com nenhuma outra, pois morrereis. Entretanto, as núpcias com a escolhida serão motivo de muitos dissabores'. E, seu tio, ciente de que um adivinho transmite os recados e as vontades das divindades, resolveu não desconsiderar a recomendação do mago e aguardar pela manifestação mencionada. Não esperou muito: na primavera seguinte, quando passeava pelos rochedos, duas andorinhas passaram voando e uma delas, totalmente branca, deixou cair em seu ombro um longo fio de cabelo louro, brilhante como seda. O resto você já sabe."

"Sei!", ele respondera. "Marc, reconhecendo naquele fato o sinal dos deuses, reuniu a corte e comunicou que só se casaria com a mulher de cuja cabeça aquele fio caíra."

"Isso é um absurdo, Majestade!", exclamara um cortesão. "O fio pode pertencer a qualquer mulher."

"A qualquer mulher em qualquer parte do mundo. Será impossível encontrá-la!", fizera coro um conselheiro.

"Vossa Majestade deveríeis escolher uma noiva em um dos reinos da Britânia e casar-se imediatamente", aconselhara Andret, um dos quatro barões.

"Não!", Marc retrucara. "Eu acredito em augúrios e vou esperar pela dona deste cabelo dourado."

Tristão tinha muito vívida na lembrança a insistência de Andret e de seus comparsas, que a cada oportunidade argumentavam contra aquele improvável casamento e insistiam para que seu tio desposasse uma princesa de algum reino vizinho. Qualquer princesa. Marc não cedera à persistência deles e prendera, à cintura, o cabelo trazido pelas andorinhas, certo de que se casaria com a mulher a quem o fio pertencia. E o longo fio louro, preso ao corpo do tio, despertara-lhe uma lembrança indistinta, que aos poucos ganhara forma até transformar-se na imagem da linda jovem que ele havia visto no jardim do castelo irlandês no justo momento em que se preparava para voltar à Cornualha, a jovem de cabelos resplandecentes como o Sol que lhe haviam dito ser a filha da rainha Isolda. Aquele extraordinário tom de dourado não poderia pertencer a mais ninguém. E, então, ele se dirigira ao tio:

"Majestade, deixai-me partir e asseguro-vos que trarei a mulher cujo cabelo vos encantou. Será uma tarefa difícil, pois a terra para onde irei é cheia de perigos. Mas, apesar de todos os riscos, trarei a donzela, que se tornará vossa rainha. É uma promessa, um juramento aos deuses, pois nada me dá maior alegria do que vos ver feliz."

Os que amavam o rei aplaudiram, mas os quatro barões riram da audácia de Tristão e tentaram desmoralizá-lo:

"Este compromisso é impossível de cumprir, e Tristão, o sobrinho ambicioso, não deseja o casamento do tio, pois quer a coroa para si próprio."

"Ele quer enganar o rei e ganhar tempo à espera de seu óbito."

"O príncipe ficará ausente por uns tempos e voltará de mãos vazias, e Marc, então, o proclamará herdeiro do trono."

Seu tio não dera ouvidos aos comentários maldosos e aceitara a sua proposta, mandando guarnecer a maior e melhor das embarcações e convocando cem dos mais bravos e nobres cavaleiros do reino para acompanhá-lo.

Como precaução contra os piratas que enfestavam os mares, ele, Tristão, recomendara aos companheiros de viagem: "Guardemos as nossas ricas roupas de brocado e seda para o dia em que eu pedir a mão da futura rainha em nome de Marc. Até lá nos vestiremos como simples mercadores". E, ao tio, dissera: "Gostaria de ter Gorvenal comigo".

Os preparativos para a partida não tomaram muito tempo e, em questão de dias, cavalos, armas, água e alimentos estavam a bordo. O percurso da expedição fora mantido em segredo, e somente depois de levantada a âncora e de enfunadas as velas Tristão o anunciara:

"Em direção à Irlanda, timoneiro! Para o reino de Gormond!"

O rumo indicado causara espanto e apreensão entre os cavaleiros. As terras da Irlanda eram desfavoráveis aos viajantes da Britânia, e a ordem dada ao timoneiro soara como um desatino, pois corria a notícia de que o rei Gormond, para vingar a morte de Morholt, mandava enforcar todos os cornualhenses que se aventuravam por seus domínios. Mas, para tranquilizar os companheiros, ele afirmara que nada de ruim lhes aconteceria, pois todos permaneceriam a salvo no cais, e garantira que os riscos da empreitada seriam somente dele. Suas palavras haviam acalmado os cavaleiros, e a travessia do mar da Irlanda transcorrera sem incidentes. A chegada ao porto irlandês de Weisefort fora sem sustos, e os "mercadores" da vistosa embarcação, acolhidos com simpatia. O bom tratamento recebido enterrou totalmente a apreensão dos homens, e eles gastaram o tempo divertindo-se pelas barulhentas tabernas.

O dia da chegada transcorrera sem novidades, mas, na manhã seguinte, um urro ensurdecedor ecoara pelos quatro cantos do porto, e um bafo quente e pestilento remexera as águas costeiras, que espumaram enraivecidas; o rugido sobre-humano, de gelar o sangue até dos mais corajosos, ecoara repetidas vezes, causando pânico. As pessoas, apavoradas, correram para suas casas, trancando portas e janelas. Fora um bramido rouco, que só poderia sair de uma garganta descomunal. Gorvenal agarrara um menino e o interpelara:

"O que está havendo?"

Esperneando para soltar-se, a criança respondera aos gritos:

"É ele! É o Dragão da Irlanda. Solte-me, por favor, e esconda-se se tem amor aos seus filhos!"

Ele, Gorvenal e os cem cavaleiros procuraram abrigo num estábulo e, mesmo escondidos entre os fardos de feno, ouviram os horripilantes guinchos do monstro. O dragão urrara durante muito tempo e, quando finalmente emudeceu, um ancião, ainda trêmulo de pavor, explicara-lhes: "Vocês ouviram o urro do flagelo da Irlanda! O pior de todos os terrores deste mundo. É imenso, escamoso, fétido e venenoso; tem olhos faiscantes como um sol raivoso e narinas de onde saem labaredas. A abominação só se alimenta de carne humana e, quando tem fome, desce de seu covil, no alto daquela montanha, para engolir quem encontra pela frente. Depois de saciado, ele urra de alegria e retorna ao seu antro. Quem o encontra jamais volta para contar".

"Então, como pode descrevê-lo?"

"E é preciso vê-lo para saber como é? Um dragão é um dragão, e não existe neste reino quem possa vencê-lo, apesar do incentivo do rei, que empenhou sua palavra. Apesar da promessa real, até hoje ninguém apareceu para receber seu prêmio."

"Que incentivo? Que promessa? Que prêmio?"

"A promessa de dar a mão de sua filha a quem derrotar o horror."

"A mão da princesa dos lindos cabelos dourados?", ele perguntara, esperançoso.

"Ela mesma! A princesa Isolda é de uma beleza sem par, porém o desejo por ela é menor do que o pavor que os jovens sentem do monstro. Quem sonhou em desposá-la pagou com a vida."

A promessa do rei o eletrizara e, de volta à nau, Tristão informara aos cavaleiros:

"Amanhã, sairei à caça do dragão e cumprirei a palavra dada a Marc: levar para Tintagel a dona do lindo cabelo dourado que o encantou."

Suas palavras tinham causado admiração e temor. O fiel Gorvenal ajaezara o mais fogoso dos corcéis a bordo, sem, contudo, esconder a sua preocupação. As despedidas aconteceram ao raiar do dia, com abraços, lágrimas e votos de boa sorte. Gorvenal beijara-lhe ambas as faces e batera forte na anca do garanhão, fazendo-o disparar rumo às montanhas.

Não tinha sido complicado encontrar o caminho para a caverna do monstro, pois o cheiro nauseabundo que ele exalava fora um indicador fácil de seguir. Depois de cavalgar pela sinistra encosta da montanha, onde a abominação se abrigava, ele alcançara um terreno calcinado e vazio de tudo, limitado ao fundo por um paredão de rocha ardente com uma abertura da qual fluía um miasma pútrido, uma pestilência acre que ardia os olhos. Sem dúvida, a caverna do monstro.

Seu cavalo relinchara, assustado com a emanação ácida, e do fundo do covil a monstruosidade respondera com um urro aterrador. O chão tremeu. Um tropel ecoou, reverberando em todas as direções, aproximando-se e crescendo com fúria, estrondando no ar. A aberração surgiu ainda mais apavorante do que qualquer descrição. Expeliu labaredas. Arreganhou as garras. Enxergou-o e urrou de antecipado prazer. Sem alternativa, ele açulara a montaria, lançando-se contra o assombro, atacando-o de lança em riste, mas esta se partiu contra as grossas escamas que cobriam o corpo da monstruosidade. Recuando, ele sacou da espada e investiu uma segunda vez. O dragão tentou atingi-lo com as garras aguçadas, mas ele se esquivou e, notando que o peito do monstro era desprovido da proteção escamosa, enfiou ali a espada, empurrando-a até o punho. Os olhos da abominação brilharam raivosos com o golpe fatal e, num último revide, o terror da Irlanda lançou um jato de fogo em sua direção. Atirando-se ao chão, ele escapara das chamas, mas o seu cavalo fora incinerado na hora, transformando-se por um breve instante em uma estátua de carvão que desmoronou, espalhando-se em cinzas na terra escurecida.

Ele cortara a língua da asquerosidade e a guardara no bolso para levá-la ao rei Gormond como prova de sua façanha. Sua missão estava terminada; ele havia cumprido a promessa feita ao tio, e a bela Isolda logo seria a rainha de Marc. A felicidade de seu tio se completaria com o nascimento de um herdeiro, que tranquilizaria o reino. Assim ele imaginara. Porém, o destino nem sempre obedece aos desejos dos homens, e o que se seguiu foi muito diferente do pretendido. A língua do monstro era venenosa, e a substância peçonhenta se mantivera ativa e penetrara em seu corpo, paralisando-o e fazendo-o desmaiar na margem de um pântano, junto ao sopé da montanha. As duas Isoldas — mãe e filha — e Brangien, a aia que cuidara dele quando estivera em Weisefort pela primeira vez, o tinham encontrado e levado para o castelo, onde graças aos antídotos da rainha ele recobrara a consciência e as forças. A princesa havia permanecido junto dele, que a distraíra com poesias e canções. Esse companheirismo só se desfez quando ela acidentalmente descobriu que ele havia matado Morholt. Enraivecida, apossara-se de sua espada e, aos gritos de "assassino", tentara golpeá-lo para vingar a morte do tio. Ele a dominara e, para restabelecer a paz, resolvera contar-lhe como se dera a morte do duque. Sua sinceridade a convencera, e a concórdia e a boa convivência voltaram. Mas não por muito tempo, embora ele desconhecesse o motivo que a fizera mudar de humor. A reviravolta se dera não muito depois das pazes. Aconteceu de um impostor atribuir-se a proeza de ter matado o dragão e, mostrando a cabeça do monstro, exigir o casamento com a princesa, tal como tinha sido prometido pelo rei; mas a mentira do cavaleiro foi desmascarada no momento em que ele, Tristão, adentrara a sala do trono e, perante todos, exibira o despojo que trouxera — a língua da abominação —, provando, assim, quem realmente matara o Flagelo da Irlanda. A prova era irrefutável, e ele fora imediatamente saudado como o matador do dragão e merecedor da recompensa real. Depois de identificar-se como um príncipe da Cornualha, ele pedira a mão de Isolda para o seu tio Marc, no que fora prontamente atendido pelo rei Gormond, que, no dia seguinte, mandara equipar o seu mais bonito barco para transportar sua filha à Britânia.

Sabendo-se responsável pelo bem-estar de Isolda, ele se desdobrava continuamente em gentilezas, procurando satisfazer-lhe os desejos e proporcionar-lhe a mais agradável das viagens, mas, apesar de todo o seu esforço e boa vontade, ela não se mostrava feliz; irritava-se com ele e, em todas as oportunidades, deixava claro o seu descontentamento. Era ríspida e o ignorava sempre que possível. Porém, ele tinha certeza de que as atenções e o amor de Marc, assim como as belezas da Cornualha, mudariam o seu ânimo e ela voltaria a sorrir. Até lá, melhor era deixá-la entregue ao seu mau humor. A viagem estava chegando ao fim e, uma vez em Tintagel, dado o devido tempo, eles se tornariam novamente bons amigos e seriam companheiros de caçadas e cavalgadas.

Entretanto, esse pensamento não lhe trouxe satisfação. Um vazio estranho o invadia e uma desesperança, nunca antes sentida, o entristecia. Os borrifos salgados do mar o molestavam, e o brilho do sol ardia seus olhos. "É melhor descer do convés", pensou, e, ao virar-se, viu a princesa apoiada na amurada de estibordo. Céus, como era bela a futura rainha de Marc! Seria a luz mágica do poente que a fazia assim tão linda? Seus cabelos esvoaçantes refulgiam, e o vento de proa, moldando-lhe ao corpo a túnica vermelha, dava-lhe um quê de estátua. A ideia de cavalgar em companhia dela pareceu-lhe, de repente, algo dorido a evitar. Um sentimento de perda o invadiu por inteiro; uma sensação indefinida e insondável, que nem a ideia da futura felicidade de Marc conseguiu diminuir. E, em seus lábios, aflorou um sorriso triste.

IV
UMA PAIXÃO PARA TODA A VIDA

Isolda surpreendeu-se com o sorriso do príncipe. Por que o ar melancólico naquele rosto sempre calmo e satisfeito? Não conseguira, ele, o que fora buscar na Irlanda? Não a estava levando para dá-la ao tio? Tristão era um enigma difícil de decifrar. Ele amava Loonnois, mas entregara seu reino a outro homem e partira para a Cornualha para servir a Marc; podendo desposá-la, preferira casá-la com o tio querido. Ela não conseguia entendê-lo. Essas contradições a confundiam. E também não compreendia seus próprios sentimentos, que se mostravam tão mutantes quanto o mar. Já o odiara intensamente por causa de Morholt; depois, sua aversão se esvaíra, dando lugar a um bem-querer que logo a seguir transformara-se num forte ressentimento, num amargo e dilacerante rancor. E tudo acontecera muito rápido.

Começara quando Aguynguerran, o mordomo-mor de Weisefort, homem detestável e hipócrita, surgira no grande salão do trono trazendo um embrulho ensanguentado e dizendo, confiante: "Majestade, eis a cabeça do terrível dragão, que assolava o vosso reino. Eu o venci e reclamo a mão da princesa Isolda, como prometido". A surpresa tinha sido geral, pois a covardia de Aguynguerran era conhecida; e o rei, seu pai, desconfiado daquela súbita valentia, respondera que reuniria o Conselho dentro de dois dias para dar prosseguimento ao assunto. O senescal, então, se retirara, cheio de empáfia.

Também desconfiadas da repentina coragem dele, ela, a rainha e Brangien tinham se dirigido ao local onde jazia o corpo do dragão para comprovar a veracidade do surpreendente relato e, no caminho, encontraram um cavaleiro caído na beira do grande pântano, no sopé da montanha do monstro; com o desconhecido estava a língua da abominação, provando quem a tinha realmente matado. Para desmascarar Aguynguerran, elas levaram o cavaleiro inconsciente para o castelo. O homem necessitava de muitos cuidados, pois seu corpo estava incrivelmente inchado, e suas feições deformadas e enegrecidas em consequência do contato com a língua envenenada. Desejando curá-lo para que confrontasse Aguynguerran na reunião do Conselho, sua mãe preparara um poderoso antídoto de efeito instantâneo.

Recuperado, o cavaleiro mostrara um rosto bonito e jovem, além de um físico admirável. Sentindo-se muito à vontade, ele recitara lindos poemas da Britânia e, sempre encantador, ensinara-lhe os rudimentos da harpa. Tudo nele a atraíra: a beleza, a atitude respeitosa, a simplicidade, o olhar doce e a fala mansa. Estar com ele era como estar com ela própria, era natural e sem constrangimentos. Ela o ajudara a banhar-se e a vestir-se e, numa determinada tarde, enquanto ele dormia, resolvera agradá-lo, limpando e lustrando a espada ainda manchada pelo sangue do dragão. Ao desembainhá-la, viu que faltava um pedaço da lâmina; uma sensação de tragédia apossara-se dela, pois o metal retirado do crânio de Morholt quando ela o preparara para os ritos fúnebres tinha praticamente o mesmo formato daquela falha. Com o coração batendo acelerado, ela desembrulhara a lasca guardada e constatara, horrorizada, que o encaixe era perfeito. Um calafrio invadira seu corpo, e sua cabeça zumbira como um enxame de abelhas. De seus lábios escapara a constatação terrível: "Ele é Tristão, o assassino de meu tio". Seu sangue gelara para logo arder como um incêndio. Seu rosto se contraíra e sua garganta secara. Um sentimento de repulsa misturado a uma inesperada sensação de perda inundara-a por inteiro. Num impulso de cólera, dor, desilusão e esvaziamento, ela fechara os dedos no punho da arma, disposta a matar o homem que, pouco antes, ajudara a salvar. E, com um grito animalesco, levantara a espada para atingi-lo, mas ele acordara e sustara o pretendido golpe. Cingindo-lhe o pulso, ele a interpelara, e ela respondera de modo direto e acusatório:

"Vós sois Tristão de Loonnois, o assassino de meu tio Morholt!"

Sem ter como negar, ele admitira a identidade, mas refutara a acusação de assassinato. E, olhando-a intensamente, explicara que o duque havia tombado em um duelo leal e, com a serenidade de quem nada tem a esconder, contara-lhe todo o dramático episódio, da chegada de Morholt a Tintagel até o seu derradeiro instante de vida. Respeitoso, ele acrescentara que, estando em dívida com ela por tê-lo salvado da morte duas vezes, sua vida lhe pertencia, e ela podia tomá-la se assim o desejasse, mas estaria matando um inocente. E ela acreditara em cada uma daquelas palavras, aliviada e exultante por não ser mais obrigada a executá-lo; a explicação aquietara seu coração, e ela deixara a espada estrondar no chão. Eles se tinham estreitado num longo abraço e se beijado na boca, selando a paz à moda celta.

No dia seguinte, Aguynguerran dirigira-se ao palácio para saber como andavam os preparativos de seu casamento. Todos na sala do trono aguardavam com muita ansiedade o pronunciamento real, mas, justo no momento da resposta, Tristão, Gorvenal e os cem cavaleiros cornualhenses, ricamente trajados e portando espadas cravejadas de pedras preciosas, irromperam no salão, arrancando exclamações de admiração e surpresa. Inclinando-se ante o rei, o príncipe declarara:

"Majestade, eu sou Tristão, filho de Rivalen de Loonnois e sobrinho do rei Marc, senhor de Tintagel, e afianço-vos que vosso mordomo-mor é um homem totalmente inescrupuloso; ele mentiu ao declarar ter matado o dragão. Eis, aqui, a prova dessa mentira!"

Foi quando o escudeiro Gorvenal desembrulhou e exibiu a peçonhenta e fétida língua do monstro, causando uma grande comoção entre os cortesãos. Confrontado com a horripilante evidência, um cabisbaixo Aguynguerran confessou ter encontrado, junto ao pântano, o que julgara ser o "cadáver" do cavaleiro ali presente, e, achando com ele a língua da abominação, compreendera que o desconhecido havia matado o dragão e morrido ao descer da montanha. Ele, então, galopara escarpa acima a fim de pegar a cabeça da monstruosidade e exigir de seu pai o cumprimento da promessa de casá-la com o matador do Terrível.

Indignado com o vil comportamento de Aguynguerran, seu pai o expulsara do reino para sempre, e o senescal deixara a sala sob uma onda de recriminações.

Ela havia aguardado, com satisfação e orgulho, o instante em que o belo e valente príncipe reclamaria sua mão, pois a ideia de unir-se a ele já havia se tornado prazerosa, e assim, o acontecido em seguida foi um choque. Um acinte. Uma afronta. Uma humilhação jamais vista em terras celtas.

Com todos os olhares voltados para Tristão, a corte aguardava o pedido que era de seu direito, mas, em vez disso, as palavras dele foram totalmente inesperadas:

"Majestade, eu vim a este reino e enfrentei a morte para pedir a mão da princesa Isolda para o meu tio Marc."

Pronto! Simples assim! "Pedir a mão da princesa Isolda para o meu tio Marc." Um murmúrio de surpresa e assombro percorrera a sala, e todos a olharam, esperando por sua reação àquela desfeita. Ela se sentira congelar com a frase repugnante do homem que imaginara querê-la muito. Desdenhar de sua mão era afrontoso. Homens geralmente morriam para consegui-la. Seu rosto avermelhara-se de indignação e de vergonha. Nenhuma filha de rei fora tão ultrajada.

Tristão ignorara o espanto dos presentes e, sem pressa, contou a história do fio de cabelo levado pelas andorinhas. Enfatizara a obstinada decisão de Marc de só desposar a mulher a quem o fio pertencesse. E terminara dizendo:

"Prometi levar à Cornualha a noiva tão desejada e protegê-la com a minha própria vida. Quis o destino que ela fosse vossa filha e, por isso, declino do direito de desposá-la. Não é de meu feitio trair um juramento." E, enquanto falava, tirou do bolso uma pequena caixa de ouro e de dentro dela um longo fio de cabelo dourado, que, sem nenhuma dúvida, caíra de sua cabeça. Tremendo de raiva, ela não conseguira acreditar no que via e ouvia. Tristão a iludira olhando-a com olhos amorosos, enquanto cantava os doces versos apaixonados que ela não conseguia esquecer:

Bela senhora, minha eterna adoração por vosso encanto e
vossa graça austera.
Bela princesa de cabeleira rutilante, que empalidece o sol,
eis-me aos vossos pés para vos servir com ardor.
Vosso sorriso entra-me peito adentro.
Vossa lembrança tira-me o sono e vosso olhar azul cala-me
fundo.
Feliz de quem conseguir vosso coração e puder amar-vos
para sempre.

Fingidas palavras! Malditas canções! Por que tanto empenho em conquistá-la para outro homem? Para um tio velho e seguramente decrépito. Alguém com certeza incapaz de ser um marido presente. Desgraçado príncipe, que a repudiara perante toda a corte! Como o odiava!

* * *

Subitamente, Isolda foi arrancada daquelas terríveis lembranças por uma estranheza: as velas de sua embarcação estavam murchas junto aos mastros; o vento cessara, e o barco estava prisioneiro do mar. Mergulhada no passado, ela não se dera conta da calmaria.

Tristão se aproximou com o corpo banhado em suor e o rosto afogueado, como se ardesse em febre, e, fitando-a a contragosto, explicou:

— Princesa, a falta de vento tornou impossível a navegação e ficaremos parados até que ele volte a soprar. Vejo o desapontamento em vosso rosto, mas precisamos esperar as velas se enfunarem novamente.

— Assim me parece, senhor — ela respondeu, severa. — Aguardemos! E, por favor, deixai-me só!

— Vosso desejo é uma ordem! Eu sinceramente lamento a vossa decepção.

"Velhaco!", pensou Isolda.

O sol a pino e o ar parado escaldavam o convés, tornando difícil a permanência a bordo. Os botes haviam sido baixados ao mar, e todos tinham se refugiado nas sombras de uma ilha próxima. Na embarcação real só restavam Isolda, Tristão e Perinis, um pajem irlandês, fiel acompanhante da princesa. Sedenta, ela pediu ao jovem que lhe trouxesse um vinho refrescante. Que o pegasse entre os pertences de Brangien. O pajem obedeceu e logo voltou com um pequeno odre, cujo conteúdo despejou num cálice que lhe ofereceu. Por infelicidade, o odre era justo aquele que guardava a poção de ervas preparada pela rainha sua mãe, Isolda de Weisefort. A futura rainha de Marc tomou um grande gole com sofreguidão e, vendo o abrasamento no rosto do príncipe, penalizou-se, convencida de que o bem-estar dele garantiria uma viagem tranquila.

— Tomai, senhor! — disse, oferecendo-lhe o vinho.

O príncipe aceitou o cálice e bebia com muito gosto a sua parte, no instante mesmo em que Brangien retornava ao barco. Ao ver o odre, a aia imediatamente percebeu o que acontecia e empalideceu.

— Que desgraça! Vós bebestes a infelicidade de vossas vidas e nada mais será como antes. Ao descuidar-me do vinho de ervas, traí a minha rainha, e a minha falta trará consequências nefastas. Oh, descuido infeliz! Oh, sorte aziaga! O futuro será de dor e sangue!

As palavras lamentosas de Brangien não foram ouvidas nem por Tristão nem por Isolda, que só davam atenção um ao outro. Olhos nos olhos, mãos nas mãos, os dois pareciam estar em um mundo só deles, sem espaço para nada mais.

— Maldito o vinho que enreda nas garras da paixão quem o toma! — gritou Brangien, angustiada. E, no auge do desespero, agarrou o odre e o atirou ao mar. Consumida pelo remorso e deplorando a desgraça que viria, continuou: — A minha desatenção selou uma sentença de morte para vós ambos. A ira do rei que aguarda a sua donzela será terrível, e a vingança pela honra perdida trará desgraças! — E, entre queixumes, a aia fiel caiu desmaiada.

Indiferentes aos sinistros presságios de Brangien, Tristão e Isolda se retiraram para o camarote real e se entregaram a um amor intenso e exaltado, a um desejo cego às conveniências e à razão. Nada lhes importava, a não ser aplacar o ardor que os invadia. E, mesmo depois de o vento ter voltado e de a nave irlandesa haver retomado o rumo da Cornualha, os amantes permaneceram nos braços um do outro, extasiados com aquele sentimento que julgavam maior do que a vida. E, por todo o resto da viagem, eles se amaram.

* * *

O barco se aproximou da costa selvagem e escarpada da Cornualha e navegou em direção ao cais de Tintagel. Brangien correu a despertar o casal enamorado.

— Vesti vossas roupas! A hora do encontro com Marc se aproxima.

Amolecidos pelo amor, eles pareciam não ter pressa. Brangien, apavorada, advertiu Isolda:

— Minha princesa, o vinho tomado durante a calmaria era, na verdade, uma poção de ervas a ser bebida por vós e por Marc na primeira noite de vossas núpcias; um poderoso filtro preparado para garantir amor recíproco e eterno entre vós. Não era para os lábios de Tristão. Oh, fatalidade! Oh, desgraça! O que era para ser jamais será, pois é impossível desfazer o que foi feito, e a magia do filtro transformou-se em maldição. Esse louco amor nascido dos goles fatídicos com certeza vos desgraçará junto ao rei, quando ele se questionar sobre a virginal noiva tão aguardada. Acautelai-vos, pois as vossas vidas estão em jogo. A funesta vingança de Marc ao descobrir a verdade indubitavelmente cairá sobre vós ambos com fúria insana. O meu desatino vos matou, minha querida princesa! Eu vos matei! Eu! Eu! — E lágrimas rolaram por sua face.

Mais uma vez, as palavras de Brangien não encontraram eco. A exaltação dos amantes impedia qualquer outro sentimento, e eles não deram ouvidos ao trágico vaticínio. A advertência caiu no vazio, e frementes de volúpia eles se uniram em mais um longo beijo, o último antes do desembarque.

— Se esta paixão significa morte, ela será bem-vinda — disse o príncipe enquanto Isolda, a prometida do rei, o estreitava com o fatalismo da madressilva cingindo a aveleira.

* * *

Marc ficou deslumbrado com a esplêndida beleza de sua noiva irlandesa: alta, robusta, de quadris perfeitos para partejar muitos filhos, feições fortes, olhos de um azul transparente e cabelos louros exatamente como ele sonhara. Um súbito tremor de arrebatamento e júbilo apossou-se dele. A bela princesa era sua; sua para amar e proteger; sua para causar inveja aos outros soberanos da Cornualha. E ele pensou com prazer que, ao lado dela, as noites do próximo inverno não seriam frias como sempre eram. Seus olhos brilharam ao pensamento de que a escuridão invernal é mais longa do que a claridade dos dias, e as horas com a bela mulher pareceriam não ter fim. Sentiu-se em eterna dívida para com o sobrinho, que transformara seu desejo em realidade. E, conquistado por aquela visão estonteante, beijou a mão de sua prometida com admiração e respeito.

— Bem-vinda a Tintagel, princesa!

Isolda aceitou as boas-vindas com naturalidade, e seus lábios sorriram. Tranquila, portou-se com a fidalguia própria de uma princesa nascida para herdar um importante trono irlandês. Mostrou-se à vontade e foi encantadora com Marc, dizendo de sua ansiedade em vê-lo. Elogiou a corte e a beleza da Cornualha.

Tristão foi abraçado e beijado pelo tio, mas, ao contrário de outras ocasiões, aquelas demonstrações de afeto o constrangeram, pois sua traição ao homem que o acolhera com tanto carinho era indigna e reprovável; porém, mesmo consciente de sua vilania, seu sentimento de culpa era menor do que sua loucura por Isolda e, para o bem dos três, ele se recompôs e partilhou da alegria de Marc.

Os súditos do rei estavam agradavelmente surpresos, pois tinham os irlandeses como pouco civilizados, e a graça natural de Isolda, seu porte altivo e sua fala agradável punham por terra o arraigado preconceito.

O banquete para celebrar a chegada da futura rainha foi grandioso. E, para avivar a lembrança dos que haviam duvidado que Tristão trouxesse a dona do sedoso fio de cabelo louro, o rei rememorou o episódio das andorinhas e a determinação do sobrinho em partir em busca da bela. Louvou a dedicação dele e reafirmou o seu amor pelo jovem. Isolda e Tristão ouviram tranquilos a relembrança e a louvação de Marc e mostravam-se cerimoniosos um com o outro, como convinha à futura rainha e ao sobrinho do rei; entretanto, um furtivo olhar trocado entre eles não escapou à sagacidade do barão Andret, que desejava ver aquele príncipe intruso afastado da corte e a rainha estrangeira caída em desgraça antes de conceber um herdeiro para o trono. Assim, para garantir os seus espúrios interesses pessoais, ele decidiu ter uma longa conversa com os três outros barões que o apoiavam e, ali mesmo, à mesa do banquete, arquitetou uma intriga para acabar com a harmonia real.

As bodas, marcadas para catorze dias depois, foram esplendorosas. A beleza deslumbrante de Isolda — vestida à moda das mulheres celtas — não encontrava rival na corte de Marc. Com uma túnica escarlate ricamente bordada, ajustada à cintura por um largo cinto de ouro todo trabalhado e um manto preso aos ombros por broches também de ouro, ela causava admiração aos homens e inveja às mulheres. Ninguém mais tinha cabelos tão luminosos e porte tão magnífico.

O rei ansiava por sua noite de núpcias, e a ideia de ter aquela linda mulher o excitava e enternecia, pois o seu corpo ainda era vigoroso e o seu coração estava cheio de amor.

Brangien observara com apreensão os personagens daquele triângulo amoroso. Lera o desejo nos olhos do rei e receava por Isolda quando ele descobrisse não ser o primeiro homem a possuí-la; mas a rainha dele não dava atenção ao assunto, pois, entre as irlandesas, a virgindade não era um problema. A aia tinha na lembrança a advertência da outra

Isolda quando lhe entregara o vinho de ervas: "A Cornualha não é a Irlanda". Entretanto, a senhora de Tintagel parecia não se dar conta disso. Era preciso encontrar um meio de evitar a tragédia, que se avizinhava. Na primeira oportunidade, Brangien acercou-se da rainha para elaborar um plano.

Após os festejos das bodas, os cortesãos — homens e mulheres, que tinham o privilégio de dormir junto ao rei — acompanharam os recém-casados aos aposentos dele. O grande leito real ganhara um grosso reposteiro para garantir a intimidade do casal e evitar que marido e mulher fossem espiados por olhos curiosos. O próprio Tristão, por sua importância na corte, deitava-se a poucos metros do tio, e Isolda exigiu o mesmo privilégio para a sua aia. Marc, que avidamente aguardava o momento de ter Isolda em seus braços, imediatamente ordenou que se apagassem as velas do quarto e desejou boa noite aos presentes. Quando a escuridão e o silêncio se instalaram, Isolda e Brangien deram início ao plano que tinham arquitetado para preservar a dignidade da noiva: sem que Marc percebesse, a aia se deitaria ao seu lado no leito conjugal, enquanto, na cama da aia, a rainha aguardaria. Impossível saber qual das duas engendrou a ardilosa manobra; talvez Isolda, a mulher mais astuta da Irlanda; talvez Brangien, que era capaz de tudo para proteger sua senhora. De qualquer forma, naquela noite de núpcias, no breu do aposento real, a fiel criatura fez bem mais do que zelar pela dignidade de sua princesa: ao deitar-se com o rei, ela lhe salvou a vida.

O embuste funcionou, e, quando Marc finalmente adormeceu, a ama e a serva trocaram, mais uma vez, de lugar.

* * *

A vida em Tintagel era agradável. Para contentamento de Isolda, Marc mostrava-se um marido atencioso e bastante carinhoso no cumprimento de seus deveres conjugais e, para completar sua felicidade, os seus momentos de amor com Tristão continuavam, sempre acobertados pela dedicada Brangien. Mas uma terrível fantasia preocupava a rainha: a aia conhecia o seu segredo e, um dia, por qualquer razão, poderia contá-lo ao rei. Tal preocupação era um delírio insensato, louco e leviano, mas insidioso. Um pensamento cruel insinuou-se nela: a necessidade de calar Brangien. Calá-la para sempre. Justificou-se achando que a segurança de Tristão valia a vida da aia. Havia, em Tintagel, dois homens nos quais podia confiar sem necessidade de explicações: os caçadores que habitualmente a escoltavam em seus passeios pela floresta próxima ao castelo. Mandou chamá-los e foi peremptória:

— É preciso que minha aia Brangien faça, sem demora, a viagem para o Outro Mundo. Ajam com discrição e rapidez para que ela não sofra, pois lhe quero muito bem. Cortem e tragam-me a língua da minha querida aia como prova do cumprimento dessa ordem.

Aqueles eram tempos de obediência e submissão, época sem questionamentos ou contestações; assim, os dois homens pediram a Brangien que os acompanhasse à floresta, na colheita de ervas para a rainha. A moça concordou, satisfeita, e o trio embrenhou-se no denso labirinto de árvores. Seguiam em fila e conversavam. No centro do arvoredo, o homem que caminhava na frente virou-se para Brangien e desembainhou seu punhal. Ela gritou, apavorada, e procurou proteger-se junto ao segundo caçador, mas este também sacara sua longa faca. Perplexa, a pobre ajoelhou-se chorando e, num fiapo de voz, perguntou-se: "Por quê, Isolda? Por quê?". Os homens, condoídos com o sincero espanto da jovem, procuraram por uma razão que justificasse o seu sacrifício.

— Qual a sua falta, aia da rainha? Que impropriedade contra Isolda provocou tão cruel castigo? Uma infâmia? Uma injúria? Um roubo?

— Não, não e não! — lamentou-se a infeliz. — Eu amo a minha senhora mais do que a mim mesma e jamais lhe faria qualquer mal. Muito ao contrário. Quando viemos da Irlanda, ambas tínhamos uma imaculada camisa branca, que guardávamos para a nossa noite de núpcias; mas a dela se rasgou na viagem e eu lhe cedi a minha, que, então, foi para o leito do rei. Em seu benefício, não hesitei em abrir mão daquele bem tão precioso. Assim é o meu amor por Isolda! Eu nunca a feri. Nunca a magoei. Nunca sequer a importunei. Pois bem, matem-me se essa é a vontade dela, mas, quando retornarem ao castelo, digam-lhe que minhas últimas palavras foram em seu louvor. Eu a servi com dedicação desde menina, quando cheguei a Weisefort levada por marinheiros irlandeses que me haviam resgatado de um barco pirata.

A sinceridade de Brangien era evidente, e os caçadores sussurraram entre si. Bastante comovidos por seu grande amor pela dama, decidiram deixá-la ir.

— Entregaremos à rainha a língua de um animal da floresta como se fosse a sua — disseram. — Fuja e cuide-se, pelo seu bem e pelo nosso!

Levados à presença de Isolda, os caçadores mostraram-lhe a macabra prova da missão cumprida. À visão da língua ensanguentada, ela se descontrolou e perguntou com voz trêmula:

— O que lhes disse Brangien em sua hora final?

— Somente louvores a Vossa Majestade.

A resposta causou um efeito devastador; a lealdade da serva aumentava a ignomínia praticada contra ela. Isolda compreendeu a monstruosidade de seu ato e, fora de si, como a querer isentar-se de tão grande e leviano crime, investiu contra os algozes:

— Assassinos! Celerados! Devolvam-me a minha fiel companheira! Como foram capazes de uma ação tão hedionda?

Os caçadores encaravam a rainha com olhos esbugalhados. A situação não fazia sentido. Amedrontados diante da fúria incoerente e irracional, os homens tremiam.

— Como ousaram matar uma pessoa que me é tão querida? Mandarei enforcá-los e jogarei seus restos aos javalis!

— Majestade, nós...

— Calem-se, criaturas abjetas!

Os caçadores compreenderam que ou falavam a verdade naquele momento ou nunca mais:

— Majestade, vossa serva está viva! — balbuciaram ainda apavorados.

Isolda aquietou-se, e, animados com a súbita calmaria, os homens contaram-lhe tudo. Depois, por ordem dela, eles retornaram à floresta e voltaram ao castelo com Brangien.

O encontro entre as duas mulheres foi terno e comovente. Ajoelhadas, elas se abraçaram. Ninguém perguntou; ninguém explicou. Em certas situações é melhor silenciar.

V
O anão Frocin

Tristão e a rainha não conseguiam manter-se afastados um do outro. De dia, contentavam-se com uma troca de olhar, um furtivo encontro de mãos, uma sussurrada frase doce. De noite, isso já não bastava, e eles juntavam os seus corpos na escuridão da alcova. Quando Marc adormecia, Isolda sorrateiramente deitava-se com o seu amor e só retornava ao marido quando o céu clareava. O sono pesado do rei facilitava essas idas e vindas, mas Brangien, preocupada com a ousadia dos amantes, mantinha-se atenta para que nada de mal acontecesse à sua senhora e, com essa vigilância, garantia a impunidade daquele amor. Mas, durante o dia, ela não lhes podia valer. Andret, Guenelon, Gondoine e Denoalen, os quatro traiçoeiros barões, estavam sempre atentos ao casal e, a cada dia, um deles vislumbrava algo que lhe parecia suspeito. Algo impossível de provar, mas que suscitava cochichos especulativos. Brangien percebeu a movimentação deles e alertou Isolda:

— Lembrai-vos, bela senhora, de que os barões invejosos dormem na alcova do rei e, desconfiados como estão, podem surpreender-vos nos braços de Tristão. Os encontros, ali, devem cessar. Vós e Tristão deveis procurar um local deserto, um desvão, um recanto sombrio em outra parte do castelo fora do caminho deles; eu os distrairei para que nenhum deles vos procure nessas ocasiões. Contar-lhes-ei histórias e lendas da Irlanda, mantendo-os comigo por um longo tempo.

E assim foi. Todas as tardes, Tristão e Isolda se amavam sem serem perturbados. Mas Andret era um homem esperto e desconfiou do propósito de Brangien quando os retinha a seu lado desfiando muitas histórias sobre caldeirões mágicos garantidores de abundância, sabedoria e renascimentos, e enveredando por episódios míticos com personagens irlandeses de nomes estranhíssimos, raças sobre-humanas e melancólicas narrativas de amor e morte. Todo esse trabalho levava a uma só conclusão: a intenção da aia era mantê-los, por algum tempo, longe da rainha, e essa ardilosa manobra significava que os encontros amorosos entre ela e o príncipe realmente existiam. O adultério acontecia, mas o problema era não ter como prová-lo ao rei e obrigá-lo a condenar o casal à inglória morte na fogueira, castigo reservado aos traidores.

O assunto era grave, e os desleais barões se reuniram para encontrar um meio de expor a infidelidade de Isolda. Depois de muitas confabulações, Andret concebeu um plano que lhe pareceu perfeito: minar a confiança de Marc em sua mulher e seu sobrinho, incitando-lhe a insidiosa ideia da dúvida, pois a desconfiança é uma arma poderosa para os que sabem manejá-la. E, assim, ele foi até o rei.

— Majestade — disse, fingindo muito constrangimento —, pesa-me trazer-vos uma notícia bastante desagradável: a corte murmura a respeito da rainha e da desonra que ela traz a vossa casa. Paira no ar a suspeita de que ela e o vosso estimado sobrinho se desejam com um amor para além do parentesco. Infelizmente não existem provas dessa indecência.

— Basta! — interrompeu-o Marc. — É normal que eles se gostem por minha causa, por me quererem muito bem; não vejo por que duvidar da lealdade deles. Meus súditos têm uma imaginação muito fértil!...

— Majestade, fala-se...

— Cale-se! Eu lhe ordeno! Insinuações desse tipo precisam de provas.

— Lamentavelmente, elas não existem.

— Então, não se trata de suspeita, mas de calúnia! — reagiu o rei, indignado. — E nada é mais cruel e prejudicial do que uma afirmação falsa. É monstruoso! Muitos em Tintagel se ressentem da minha grande afeição pelo filho de Blanchefleur, esquecidos de que foi ele quem nos livrou de Morholt. Quando todos tremeram ante as ameaças do enviado irlandês, somente ele, o herdeiro de Rivalen, teve coragem de confrontá-lo, arriscando a própria vida. Os nobres que o difamam se esquecem de que foi meu sobrinho quem impediu a escravidão de seus filhos. Pagam-lhe o gesto desprendido com acusações imerecidas. Retire-se, Andret, e cale essa ignomínia!

O barão fingiu-se de compungido, mas, na verdade, estava satisfeito, certo de que havia lançado a dúvida no espírito de Marc. E nisso não se enganou. Apesar de todos os seus esforços para esquecer, o rei passou a ouvir o eco daquelas palavras fatídicas. O mal estava feito. Cedendo à tentação, maldizendo-se pela indigna desconfiança, ele espionou as criaturas que mais amava. Espionou sem encontrar indícios da alegada traição, porém, mesmo assim, mandou chamar o sobrinho e, muito envergonhado, pediu-lhe que se afastasse do castelo por uns tempos.

— Há, nesta corte, quem o acuse de faltas terríveis, que prefiro não mencionar. Nelas, eu não acredito, pois, se assim fosse, já o teria condenado à morte. Entretanto, a sua ausência calará as injúrias dos invejosos, livrando-me da insidiosa insistência deles. Tenho certeza de que logo tornarei a chamá-lo.

Tristão bem sabia de qual falta estava sendo acusado e ficou agradecido ao tio por não mencioná-la. O silêncio evitava uma confrontação difícil e, sem objetar ao afastamento imposto, o príncipe reiterou sua afeição a Marc e dele se despediu, cabisbaixo. Juntou suas armas e deixou o castelo. Mas, como não era sua intenção colocar grande distância entre ele e Isolda, buscou abrigo na casa de Gorvenal, ali mesmo na cidadela. O escudeiro o recebeu com alegria, que se dissipou ao se inteirar da conversa entre tio e sobrinho. Em vão, tentou animar Tristão, pois não havia remédio para amainar a dor daquela separação. Entristecido, Gorvenal viu seu antigo pupilo queimar de uma febre delirante e definhar dia a dia.

Isolda também enfraquecia. Suas faces esmaeciam, e sua fala era entrecortada por doídos suspiros. Seu corpo se afilou e seu olhar perdeu o brilho, mas na presença do marido ela camuflava o seu abatimento e sorria com falsa alegria. Somente Brangien sabia do seu sofrimento e se apavorava com a ideia de perdê-la para a morte. E, para impedir tal horror, mais uma vez se preparou para salvar sua senhora. Pondo-se em risco, deixou furtivamente Tintagel e procurou por Tristão. Não demorou a encontrá-lo escondido com Gorvenal e condoeu-se com o seu estado lastimável. Contou-lhe sobre os padecimentos da rainha e sugeriu-lhe um modo para acabar com o desespero de ambos. O plano era simples, mas requeria cuidados.

— Atrás do muro leste do castelo há um pomar com centenas de grandes árvores, cujos ramos e folhas impedem a visão de seu interior. À noite, ele fica totalmente deserto e é perfeito para encontros secretos. A porta de acesso não pode ser vista do castelo, e a rainha poderá facilmente ir e vir sem que a surpreendam. Tomando o caminho da direita, ela chegará a uma fonte de mármore por onde passa um riacho, o mesmo que corre nos fundos do aposento real para atender às nossas necessidades físicas. Junto à fonte, ergue-se um grande pinheiro. Esta noite, aguardai ali por minha senhora, antes que os galos cantem. Quebrai pedaços de galhos e, com a ponta da faca, entalhai neles uma pequena marca para que ela possa identificá-los; a letra "A" de aveleira servirá. Depois, lançai os gravetos no rio; a correnteza se encarregará de levá-los através do castelo. Quando eles passarem pela alcova, a rainha os verá e saberá que vós a esperais. Mas acautelai-vos, pois Andret e seus amigos estão possuídos de muita inveja e ódio e tudo farão para vos destruir. Adeus, meu nobre senhor! Agora mesmo explicarei à rainha os detalhes do plano, e ela exultará na expectativa do encontro.

Tristão e Gorvenal abraçaram Brangien, agradecidos por sua dedicação. Ela voltou ao castelo sem ser percebida pelos guardas e correu a procurar Isolda, que a ouviu com atenção e beijou-a com ternura. Na hora combinada, quando Marc e os demais ressonavam num sono profundo, a rainha se esgueirou do grande leito e vigiou a água que corria pela vala no fundo do quarto. Ao ver os gravetos marcados, sorriu de felicidade e furtivamente percorreu os longos corredores, que levavam à fachada leste de Tintagel. Sem dificuldades, transpôs o terraço e entrou no pomar, dirigindo-se ao grande pinheiro onde o seu único amor a esperava com sofreguidão.

* * *

Os encontros junto ao pinheiro se repetiram noite após noite, e os olhos da rainha voltaram a brilhar. Ela sorria com facilidade, encantando a todos. O rei vivia dias radiantes, e tudo parecia perfeito. Mas o sorriso nos lábios de Isolda e a luz em seu olhar chamaram a atenção de Andret, que, mais uma vez desconfiado, procurou seus comparsas. Foi Gondoine quem, com voz melíflua, sugeriu como descobrir os motivos da súbita alegria da rainha.

— No bosque de Zennon, onde os arbustos têm espinhos mortais e as árvores tortuosas projetam sombras sinistras, mora um adivinho corcunda, que, através da posição das estrelas, desvenda os segredos do mundo. Ele conhece o oculto e lê a mente e o coração dos homens. Seus poderes são grandes e sua ambição, maior ainda. Por ouro ele pressagia o futuro e, se preciso for, ensina quais caminhos seguir para modificá-lo a contento. É um feiticeiro sem escrúpulos; um mago com o qual já tratei e me foi de grande valia. Por um punhado de moedas, ele contará ao rei tudo sobre Isolda.

— Perfeito, Gondoine! Amanhã cedo iremos procurá-lo — regozijou-se Andret.

Na manhã seguinte, logo ao raiar do sol, os quatro cavaleiros partiram para Zennon. A distância a percorrer era grande e, para não perder tempo, eles esporearam os cavalos e os puseram a galope. À medida que cavalgavam para o norte, a paisagem se transformava, tornando-se selvagem e pantanosa. Um vento frio sibilava, e a neblina do mar amortalhava os campos e as árvores. Ao fim de uma hora, o bosque foi avistado. Sombrio e compacto, era a morada ideal para um praticante da magia.

A cabana do adivinho ficava à beira de uma pequena clareira atapetada de folhas murchas; no centro dela se erguiam dois pilares de granito, coroados por uma grande pedra horizontal; parecia um altar de tempos imemoriais. À chegada dos cavaleiros, o adivinho corcunda apareceu. Era um anão de pele rugosa e cabelos desgrenhados, a quem Gondoine saudou com respeito:

— Bom dia, Frocin! Cavalgamos desde Tintagel somente para consultá-lo.

— Trouxeram ouro?

— Várias moedas — respondeu Andret.

— Então, como posso ajudá-los?

— Use de seus dons divinatórios e diga-nos que espécie de sentimento une a mulher e o sobrinho do nosso amado rei.

O anão deu um riso escarninho e cacarejou:

— Uma viagem tão longa pressupõe interesses muito particulares. — E balançou a mão, fazendo tilintar algumas moedas. — Se o pagamento for do meu agrado, minha magia funcionará, e eu desvendarei o vínculo entre a rainha e o cavaleiro. Paguem-me e, quando as estrelas aparecerem, eu lhes contarei o que elas dizem. — E outra vez fez tilintar as moedas.

Andret entregou-lhe um saco de couro bastante pesado.

— Satisfeito?

— Meus olhos sempre se deliciam com o fulgor do ouro — respondeu o anão, espiando o conteúdo da bolsa. — Hoje, as estrelas se abrirão para mim.

Quando a noite caiu, Frocin cumpriu o prometido. Olhando o céu através de um estranho instrumento, ele vasculhou os quatro cantos da abóboda celeste, fazendo medições e cálculos. Os barões esperavam calados e atentos.

— Cavaleiros, a conjunção das estrelas não mente: a rainha Isolda é infiel ao rei!

Os barões sorriram e se parabenizaram. A resposta de Frocin era exatamente o que desejavam ouvir. Mas somente transmiti-la ao rei não seria o suficiente, pois Marc, outra vez, não lhes daria ouvido. A frase fatídica precisava sair dos lábios do próprio feiticeiro, e levá-lo a Tintagel era apenas uma questão de moedas.

Acertado o preço, os barões e Frocin galoparam de volta ao castelo, lá chegando antes de raiar o dia. Esperaram pelas primeiras horas da manhã e procuraram Marc.

— O que faz aqui o feiticeiro de Zennon? — o rei perguntou.

Andret respondeu:

— Majestade, nós já tentamos avisar-vos dos rumores que brotam em vossa corte. Não fomos acreditados e, por isso, trouxemos Frocin para vos revelar o aviltante crime praticado contra vossa honra.

E, antes que o atarantado rei reagisse, o corcunda relatou o descoberto nas estrelas e terminou dizendo:

— É fácil comprovar as minhas palavras: basta dirigir-vos ao pomar na hora gorda da noite, pois é lá que, protegidos pelas densas sombras, a rainha e o cavaleiro Tristão se encontram para saciar os seus desejos impuros. Será muito simples surpreendê-los: anunciai que vos ausentareis do castelo por dois dias e duas noites em uma caçada a javalis selvagens; ordenai aos servos que vos preparem vossos cães e vossos monteiros, vossa escolta e comitiva; despedi-vos tranquilamente da rainha e parti à última claridade da tarde. Passai a primeira noite na floresta e, no início da segunda, abandonai a caçada e retornai a Tintagel, trazendo vosso arco e vossas flechas. Dirigi-vos ao pomar e escondei-vos entre os galhos do grande pinheiro junto à fonte de mármore. Ao chegar a hora, os amantes se deitarão ao pé da árvore e vós podereis lavar a honra sem qualquer remorso.

Marc sabia dos poderes do feiticeiro e dos acertos dos seus vaticínios e, por isso, o seu coração se apertou. Estariam a traí-lo os seus entes mais queridos? Seria extremamente doloroso se as terríveis insinuações contra eles se provassem verdadeiras.

— Amanhã eu o porei à prova, Frocin! Amanhã, quando a noite cair! — A voz do rei era triste.

Os preparativos e a caçada aconteceram como haviam sido planejados: os monteiros reuniram os cães de caça, os cavalariços arriaram as montarias, o séquito foi arrebanhado, os estandartes erguidos e as despedidas feitas.

— Só voltaremos depois de amanhã, querida esposa! Brangien e as aias se ocuparão de entreter-vos.

— Parti tranquilo, querido esposo, e retornai em segurança, pois javalis são matadores de homens. — A apreensão de Isolda era sincera. Ela realmente se preocupava com a vida do rei. Não se importava em traí-lo, mas não queria vê-lo morto.

A trompa soou, e a comitiva se foi.

Isolda viveu a alegria de poder passar duas noites de paixão nos braços do amado, sem a terrível preocupação de voltar ao aposento real antes que Marc acordasse.

Os quatro barões se regozijavam com o bom andamento do plano, antevendo o escândalo do flagrante e o castigo que seria imposto ao traiçoeiro casal, para não mencionar, é claro, que o desaparecimento de Tristão iria abrir-lhes as portas de um futuro promissor. Tudo se resolveria muito em breve.

Ignorando a trama para desmascará-los, os amantes esperavam ansiosos pelos momentos apaixonados que desfrutariam durante a providencial ausência do rei. Quando a hora chegou, Tristão deixou a casa de Gorvenal e se dirigiu ao pomar. Sentou-se junto ao pinheiro mencionado por Brangien e começou a partir os gravetos que lançaria à água para chamar Isolda. A lua cheia brilhava esplendorosa, clareando o pomar. As árvores deitavam sombras, manchando o solo. Uma noite perfeita para apreciar o belo rosto da amada; uma noite maravilhosa para amar sem sobressaltos. O príncipe aproximou-se do riacho e inclinou-se para jogar os gravetos, vendo, então, nitidamente refletida na água, a figura do tio encarapitado entre os galhos do pinheiro. Estático, para não demonstrar sua descoberta, ele compreendeu a cilada: a caçada fora um engodo, e Marc retornara secretamente a Tintagel e escondera-se para surpreendê-los. Como poderia ter sabido daquele local? Quem o informara? Era um mistério que ele não tinha tempo para desvendar. Desafortunadamente, só vira a imagem de Marc após ter lançado os gravetos para Isolda, que, dentro de instantes, correria para os seus braços. Como impedir o flagrante? Não era por sua vida que ele temia; seu terror era imaginar a querida criatura amarrada à estaca da fogueira, que a devoraria até os ossos, no terrível castigo reservado aos traidores. Precisava avisá-la do perigo, e o único modo de fazê-lo era portando-se de maneira diferente do habitual. Ela perceberia seu comportamento estranho e se acautelaria. Em vez de adiantar-se a abrir seus braços para enlaçá-la, ele voltou a sentar-se junto ao pinheiro. Logo ouviu os queridos passos. O caminhar sempre aguardado com ansiedade tornava-se, naquele instante, dolorosamente temido. A rainha chegava. Seu amor chegava. Que a grande divindade dos discursos persuasivos, o poderoso Oghma, os inspirasse nas frases certas para matar as suspeitas do rei. E, para sorte daquela paixão, o deus primordial o ouviu.

Isolda era uma mulher sagaz e, ao ver Tristão encostado ao tronco, compreendeu que algo inusitado havia acontecido. Olhou para a fonte e também viu o reflexo de Marc. Imediatamente soube o que fazer:

— Recebi o vosso recado e me apressei ao vosso encontro, meu amigo — disse, recatada. — Por que me chamastes?

O moço levantou-se e explicou, cerimonioso:

— Desculpai-me, minha rainha, por tirar-vos do palácio a esta hora da noite, porém tenho algo muito sério a contar. Tão delicado é o assunto que não requer testemunhas. Por isso vos chamei neste ermo.

— Falai, meu caro príncipe! O que há de tão perturbador que não possa ser dito na presença de outros?

— O problema diz respeito a nosso querido Marc. Uma intriga chegou aos ouvidos de vosso esposo; uma terrível calúnia, acusando-nos de trair a confiança dele.

— Como? De que maneira?

— Há, na corte, quem duvide da pureza da nossa amizade. Dizem que o sentimento que nos une não é casto e nos acusam de uma relação pecaminosa e repulsiva.

— Basta, cavaleiro Tristão! Isso é abominável! Quem ousa duvidar do meu amor por Marc?

— Não tenho ideia, minha senhora! Tudo o que sei é que o meu estimado tio está sendo assediado com essa falsidade e muito sofre com a nossa suposta traição.

— Não posso crer em tamanha ignomínia! O meu amor é totalmente do homem que me teve virgem em seus braços. Ele é o único que o meu coração deseja, e só vivo para amá-lo.

— Eu estou seguro desse afeto, minha rainha. Entretanto, o rei se deixa influenciar, seguramente por aqueles que me querem afastar de Tintagel. Cortesãos ambiciosos, que temem a minha presença junto dele. Saiba, Vossa Majestade, que foi por ordem de meu tio que troquei o castelo pela casa de Gorvenal. A intenção dele foi de afastar-me para aplacar os rumores aviltantes. Eu o amo e parte-me o coração saber que, mesmo sem culpa, contribuo para o sofrimento dele. O irmão de minha mãe é como um pai para mim.

— Marc é um homem justo e sabe reconhecer a virtude quando a vê. Ele jamais duvidará que o sentimento entre nós não seja consequência de nosso amor por ele. Esse é o afeto que nos une! A mulher e o sobrinho de um homem se gostam por afeição a ele. Não pode ser diferente, e meu esposo sabe disso.

— Infelizmente, cara senhora, no caso em questão, tal não acontece. Marc está envenenado de ciúme e não compreende essa verdade. Ele deveria saber que, se vos preso tanto, é por vos dever a minha vida. Por duas vezes me salvastes da morte. Como, então, não vos amar de modo fraternal? Mas a intriga torna-o cego à realidade, e ele me vê como um vilão.

— Pobre e querido Marc! Preciso retornar ao castelo e dizer da imensa injustiça que nos faz. Ele é um homem digno e escutará a voz da razão. Ela irá restaurar sua confiança em nós e, em breve, ele vos chamará de volta. Até breve, caro príncipe! Estou feliz por ter vindo ao vosso encontro.

Os dois se despediram respeitosamente, e Isolda partiu. Tristão se demorou mais alguns instantes — para causar efeito — e, depois, saiu cabisbaixo.

Marc desceu do pinheiro sentindo-se o mais vil dos homens. Como pudera desconfiar de duas pessoas que o amavam tanto? A confissão de Isolda, "o meu amor é totalmente do homem que me teve virgem em seus braços", encheu-o de alegria.

— Perdoe-me, Isolda! Perdoe-me, sobrinho!

E, lembrando-se das palavras do anão, murmurou, irritado:

— Amanhã, mandarei enforcá-lo, pérfida criatura! E, quando raiar o sol, irei pessoalmente trazer de volta o meu querido sobrinho, a quem tão injustamente castiguei.

* * *

No bosque de Zennon, Frocin sentiu uma estranha vibração no ar e foi imediatamente consultar as estrelas. E, nelas, leu a decisão do rei. Apavorado com a ideia do patíbulo, ele juntou seus alfarrábios e instrumentos de magia e fugiu célere para a Terra de Gales, com intenção de jamais retornar à Cornualha. Porém, nem sempre o que desejamos acontece.

VI
A fúria de Marc

No dia seguinte, ao romper da aurora, Tristão aceitou as desculpas de Marc e voltou para o castelo, onde ele e Isolda se cumprimentaram com simpatia e cerimônia. Essa formalidade encantou o rei, mas não convenceu os barões, cuja perspicácia era aguçada pelo grande ódio ao príncipe. Determinados a flagrar qualquer sinal de intimidade entre Tristão e a rainha, os quatro conspiradores se mantiveram atentos, e logo foram recompensados por uma significativa troca de olhares entre os dois. Foi o bastante para que abordassem novamente o marido enganado, dessa vez, chantageando-o. Ameaçariam abandonar Tintagel levando suas posses e seus soldados para oferecê-los a outros reis da Britânia, caso ele não tomasse providências para pôr fim ao despudorado adultério. Incitariam outros nobres a acompanhá-los, deixando-o à mercê dos belicosos vizinhos, criando com isso uma situação insustentável. Decididos, os quatro logo providenciaram uma audiência com o soberano.

— Tristão tem novamente o vosso afeto e confiança, porém continua desleal a vós, seu benfeitor. Cremos que os amores dele com a rainha prosseguem, apesar da ostensiva indiferença que demonstram um pelo outro. Notamos o crime de pequenos detalhes, que escapam ao vosso olhar apaixonado. Vossa Majestade quereis acreditar no que vedes e vos deixais enganar. De alguma forma, eles se encontram para trair vossa confiança. Todos o sabemos. Senhor, os nobres riem às vossas custas e vos dão apelidos que não ousamos repetir. Mesmo depois do acontecido no pomar, Frocin garantiu-nos que a traição está estampada nas estrelas.

Marc enfureceu-se com a insolente insistência dos barões.

— Proíbo-os de continuar caluniando as duas pessoas que mais me querem! O pomar!... O pomar! Mesmo desconhecendo a minha presença, Isolda e Tristão se comportaram com muita dignidade, e tudo que vi e ouvi não os denigre. A conversa foi de afeição e amor por mim. Frocin mentiu-lhes despudoradamente, e vocês acreditaram em sua felonia. O anão é um embusteiro miserável e age com alguma intenção oculta.

Andret balançou a cabeça e disse em tom conciliatório:

— Pensai no assunto, Majestade! Frocin não faltou com a verdade quando afirmou que a rainha e Tristão se encontrariam debaixo do grande pinheiro. Suas palavras não foram enganosas, e temos certeza de que o seu vaticínio só não se realizou graças a algum subterfúgio para ludibriar-vos. Dai-nos a oportunidade de mostrar-vos como são realmente as relações entre eles. Afinal, vossa honra e a do vosso reino estão em jogo! Imploro-vos que mandeis retornar o adivinho e o deixeis provar o que dizem as estrelas. Se não o chamardes, nós quatro abandonaremos Tintagel, pois não suportamos ver a vossa desgraça. A nossa deserção deixará vossas terras extremamente vulneráveis.

A menção à honra do reino e a terrível ameaça de ser privado dos quatro exércitos produziram em Marc o efeito desejado. Afinal, o anão acertara quanto ao encontro no pomar, ele pensou, e, portanto, o melhor era trazê-lo de volta. Assim, dois guardas foram despachados atrás do mago, cuja intenção era colocar-se a uma grande distância do rei, que havia prometido enforcá-lo. Não o conseguiu, e sua captura causou a perdição dos amantes.

Ao ser apanhado já distante de Tintagel, Frocin tremeu e engasgou com a ideia da corda em seu pescoço. Desconhecendo o verdadeiro motivo de sua captura, ele engendrou uma desculpa para escapar do enforcamento: culpar as estrelas. Ao entrar no grande salão do castelo, ele se atirou aos pés de Marc e alegou que o céu nublado o impedira de ler claramente a mensagem. A abóbada celeste obedece aos caprichos das divindades, ele explicou, e elas quiseram se divertir às nossas custas. Ele não tinha nenhuma culpa. Sua surpresa ao descobrir que não seria enviado ao carrasco foi imensa, e ele quase desmaiou de alegria quando o rei lhe pediu que descobrisse o que realmente havia entre a rainha Isolda e o cavaleiro Tristão.

Feliz por não ser alvo da ira do rei, o corcunda disse-lhe que buscaria uma comunicação com os deuses para apurar a verdade e, assim dizendo, abriu a sua sacola e retirou um galho de sálvia, uma pedra de carvão, um punhado de folhas de mandrágora e um recipiente contendo um líquido verde. Com a pedra, riscou um círculo no chão e espalhou nele as folhas da mortífera planta; depois, salpicou-as com a poção esverdeada. Em seguida, colocou-se no centro do círculo e, segurando o galho de sálvia, recitou uma invocação druida, pedindo o auxílio de Brigantia, a divindade da inspiração e do conhecimento. De olhos fechados e com os braços levantados para captar a energia divina, ele absorveu a revelação da deusa. Depois, cofiou a barbicha e se dirigiu a Marc:

— A grande Brigantia sussurrou-me como fazer para vos dar a conhecer a verdade desejada. A manifestação foi bastante precisa: devereis afastar o cavaleiro Tristão do aposento real ao romper da próxima aurora com ordens de galopar ao castelo de Caduel levando uma mensagem para o soberano de lá. Avisai-o da incumbência somente quando o virdes acomodado para dormir, porque do leito ele não poderá se comunicar com a rainha. Dai-lhe um pergaminho e ordenai que parta aos primeiros raios de sol, despedi-vos dele e avisai-o que se ausentará para a vossa habitual caçada um pouco antes disso. Depois, deitai-vos ao lado de Isolda e fingi dormir. Deixai o quarto na hora anunciada. Do resto, cuido eu. Tão certo estou de conseguir provar o crime de Isolda e Tristão que ofereço o meu pescoço ao carrasco se fracassar. Confiai em mim, Majestade, e concedei-me o privilégio de passar a noite em vosso aposento. — E, fazendo grande reverência, o anão se foi.

Abaladíssimo com a certeza demonstrada pelo adivinho, o soberano retirou-se com o coração pesado; e os barões, seguros do sucesso de sua empreitada, congratularam-se com abraços. O futuro lhes sorria.

— Desta vez, eles serão desmascarados — disse Denoalen.

* * *

No povoado, Frocin comprou um saco de farinha de trigo e o escondeu sob as roupas. Quando a lua despontou, ele retornou ao castelo e esgueirou-se para o quarto do rei. Escondeu-se em um canto e aguardou.

Depois da ceia, Marc e Isolda seguiram para o aposento real, acompanhados daqueles que tinham o privilégio de compartilhá-lo com ambos. Antes de deitar, Marc deu a Tristão o encargo sugerido pelo anão. A ideia de cavalgar a Caduel não agradou ao príncipe, pois tornava impossível o seu encontro com Isolda, que se afligiria quando não avistasse os habituais gravetos passando pela vala do quarto. Ele precisava avisá-la de sua ida a Caduel e o faria assim que Marc partisse para a caçada.

Um a um, os convidados do rei caíram em sono pesado, e tudo silenciou. Obedecendo ao anão, Marc deixou o quarto quando a lua estava a desaparecer do céu, e Frocin, então, escapuliu de seu esconderijo, pronto para agir. O plano era simples, mas terrivelmente engenhoso: polvilhar, com a farinha de trigo, o assoalho entre o leito real e o lugar onde dormia Tristão. Como vaticinado, o cavaleiro iria ter com Isolda para despedir-se, deixando no trigo as marcas de seus passos, as pegadas incriminadoras que ligavam seu leito ao leito do tio. Elas seriam a prova, que exporia o segredo guardado pelos amantes com tanto cuidado. O mago sorriu, pensando no ouro que receberia como recompensa por sua sagacidade.

Tristão, que se mantinha acordado esperando o momento de falar com Isolda, viu a partida do tio e, depois, o anão corcunda espalhando um pó branco entre os dois leitos. Não foi difícil compreender a intenção dele. Isso mudava tudo. E, na impossibilidade de caminhar até sua amada, ele procurou uma alternativa e sorriu, sabendo-se mais esperto que Frocin. Depois que o anão se retirou, Tristão se pôs de pé sobre a cama, calculou a distância dali até o leito de dossel e viu que conseguiria transpô-la com um bom salto. Valendo-se de sua juventude e agilidade, ele se lançou no ar como uma flecha e caiu exatamente sobre os lençóis da amada, que o recebeu com amor. Pesaroso, o príncipe sussurrou-lhe a tarefa recebida do rei. A rainha o enlaçou e, para amenizar a tristeza da separação, comprimiu seus lábios nos dele numa demorada e apaixonada carícia. Depois do adeus, ele pulou de volta para sua cama, sem perceber que o esforço havia feito sangrar a ferida aberta em sua coxa pelas presas de um javali. O sangue escorrera e pingara, manchando o trigo do chão e também as cobertas dos dois leitos.

Valendo-se de seus poderes mágicos, Frocin soube que chegara a hora de confrontar os amantes e retornou ao aposento real em companhia de Marc, que o aguardava como combinado. Andret, Denoalen, Gondoine e Guenelon se juntaram a eles na certeza de que encontrariam as pegadas incriminadoras, indicando a pérfida despedida dos amantes. O anão levou uma tocha para iluminar as provas daquele encontro. A primeira reação do grupo foi de desapontamento por não haver, na farinha, as marcas dos pés de Tristão, mas, em um segundo olhar, viram os pingos de sangue, que manchavam o trigo e os lençóis de ambos os leitos. Aquilo era prova suficiente, pois todos sabiam do ferimento de Tristão. O marido traído empalideceu e investiu contra o sobrinho, que fingia dormir. Sacudiu-o com violência e despejou sua indignação:

— Criatura miserável! Deitar-se com a minha rainha é o que recebo por tê-lo acolhido e tratado como um filho? Que ingênuo fui! Oh, querida Blanchefleur, como pôde você gerar alguém tão pérfido? Príncipe desprezível, que macula a memória de seu fiel e digno pai, amanhã, você e sua bela e despudorada amante morrerão a morte indigna reservada aos traidores, pois a minha desonra é a desonra de todo o reino!

— E, dirigindo-se a Isolda, agarrou-a pelos cabelos e rasgou suas vestes, expondo-lhe a nudez: — Cortesãos, contemplem este lindo corpo! Não, não virem o rosto, pois ela não merece a gentileza! A mulher a quem recebi com o coração cheio de ternura não passa de uma cruel libertina e faz jus ao comportamento indecente que dizem ter as irlandesas, e no qual eu me recusei a acreditar.

Marc estava transtornado. O homem sóbrio e comedido extravasava sua dor e decepção, sem se importar com as pessoas presentes. Ele precisava externar a ira que o engolfava e tornar público o seu desejo de vingança. Era o modo de resgatar o seu amor-próprio ferido e de abrandar o sofrimento que o consumia.

Tristão interrompeu a violenta manifestação do tio para defender Isolda. Ele não temia a morte, mas era imperioso salvá-la. Marc precisava saber do filtro mágico que os unira sem remissão.

— Majestade, eu vos imploro em nome de vossa irmã Blanchefleur! A rainha e eu somos totalmente inocentes da infâmia da qual nos acusam. Não cometemos nenhum crime; a verdade é bem outra.

Marc interrompeu-o com fúria:

— Cale-se! Os lençóis manchados de sangue e os rubros pingos no chão mostram claramente qual é a verdade. — E, chamando os guardas, ordenou-lhes que amarrassem Tristão e a rainha e os levassem embora dali. — Amanhã, ambos serão executados publicamente como criminosos comuns — vociferou.

Isolda permaneceu em altivo silêncio, enquanto seus pulsos eram amarrados; de tão apertada, a corda feriu a sua carne alva e sedosa, mas nem um esgar se notou em seu rosto. Ela olhava a cena como se fosse uma simples espectadora, e não a personagem central. Era um olhar distanciado de tudo e parecia que as ofensas de Marc não a atingiam.

O pavor estampava-se nas feições aristocráticas das testemunhas, temerosas de serem, elas também, um dia justiçadas por suas faltas, que não eram poucas.

Brangien, desfeita pela dor e pelo ódio aos barões, encarava os quatro homens, que se abstinham de comemorar a vitória, fingindo, com muita compostura, que a dor de Marc também doía em seus corações. "Infames criaturas!", ela pensou, horrorizada. Não eram eles os responsáveis por esta trágica situação? Impotente ante a cólera do rei e destroçada por um terrível sentimento de culpa, ela chorou as mais amargas lágrimas de sua vida.

Tristão procurou novamente interceder por Isolda:

— Tio, não me importa morrer se o meu sacrifício resgata, aos vossos olhos, a honra que julgai perdida, mas poupai a rainha, porque nem ela nem eu somos verdadeiramente culpados.

E ia começar a falar sobre o poder do filtro, quando foi impedido pela ira de Marc:

— Basta!

Tristão ainda tentou acalmá-lo:

— Concedei-nos, ao menos, um julgamento; a culpa só se comprova com fatos e, muitas vezes, mesmo parecendo claros e precisos, eles são enganosos. O que provam os pingos de sangue no chão? Que estive junto ao vosso leito? Estive! Aproximei-me da rainha para despedir-me dela como o bom amigo que sou. Por que não fazê-lo se a minha intenção é e sempre foi pura? Foi um adeus inocente. Eu não conseguia dormir preocupado com a vossa perigosa caçada e vi quando partistes; depois, vi o anão Frocin espalhando o trigo no chão entre os nossos leitos. Não entendi a razão daquilo e fiquei deveras intrigado. Percebi uma intenção oculta por trás daquele ato bizarro e achei de bom alvitre não pisar no trigo; por isso, saltei para despedir-me. Afianço-vos nunca ter amado vossa esposa com um amor criminoso.

Marc não se deixou levar pelas palavras de Tristão, talvez por não tê-las registrado. Quem as ouviu julgou que procediam, porém o rei estava transtornado demais para assimilá-las. Os barões haviam feito um excelente trabalho de persuasão.

— Então o culpado clama por um julgamento? — Marc zombou. — O julgamento já foi feito, traidor! O seu sangue estampado em meu leito é toda a prova da qual um juiz precisa; e, neste caso, eu sou o juiz. Frocin! — ele gritou, mas não obteve resposta: o anão desaparecera sorrateiramente para evitar qualquer imprevisto.

* * *

A notícia do infortúnio da rainha e do cavaleiro Tristão correu rapidamente pela penumbra da madrugada e, de manhã, o povo de Tintagel postou-se pesaroso ao longo do caminho para acompanhar o desfecho do drama. O arauto real havia anunciado que o casal seria queimado vivo, impedido de usufruir dos privilégios pertinentes à sua nobre origem.

* * *

Um vento frio soprava do mar, mas não impedia que o povo de Tintagel se juntasse para um último olhar aos condenados. À passagem dos amantes, as gentes choravam, pois não fora o cavaleiro quem salvara os seus filhos da terrível escravidão na Irlanda? Não fora o bravo quem arriscara a vida por eles? O audaz cavaleiro e nenhum outro? E a bela rainha sempre lhes sorrindo e acenando! Tão jovens e tão lindos! Seria justo alegrarem-se com as suas mortes?

Momentos traumáticos geram emoções fortes, e um amor infeliz e trágico tem a capacidade de criar grande comoção. E, como é comum acontecer com multidões, a compaixão prevaleceu, e Marc, de vítima, tornou-se algoz. Aos olhos do povo, o rei bondoso transformou-se num carrasco desalmado. Os cortesãos que o seguiam e que, no princípio da caminhada, haviam escarnecido dos amantes contiveram-se com medo da turba inconformada.

Brangien e Perinis, bastante acabrunhados, acompanhavam o desfile macabro. Arrepiava-os o pensamento da pira de espinheiro negro afiada como lâmina, que rasgaria os corpos queridos, fazendo-os sangrar antes mesmo que queimassem. Mas Gorvenal, conhecendo muito bem o seu querido Tristão e tendo extrema confiança em sua engenhosidade, aguardava uma reviravolta nos acontecimentos com seu cavalo e sua espada escondidos numa ravina próxima à fogueira.

No caminho por onde passava a funesta procissão, levando os desgraçados que iam morrer por amor, erguia-se um pequeno templo. Ficava bem à beira do penhasco, quase a cair no abismo. Ao vê-lo, Tristão pediu aos guardas que o deixassem entrar e orar aos deuses. Implorou que o desamarrassem, pois não havia como escapar daquele templo à borda do despenhadeiro. Certificando-se da impossibilidade de fuga, os homens concordaram. A verdadeira intenção do príncipe era jogar-se de uma pequena abertura existente na parede do fundo e mergulhar no mar, que espumava nas rochas lá embaixo. Se conseguisse escapar das pedras, tentaria resgatar Isolda. Uma ideia louca era melhor do que nenhuma. E assim ele fez: correu e lançou-se das alturas.

Surpreendidos, só restou aos guardas informar o rei daquele pulo para a morte.

A notícia do gesto de Tristão causou reações opostas: Marc se enfureceu, pois o queria ardendo na fogueira; o povo festejou, pois não o queria ardendo na fogueira. Brangien e Perinis pediram às divindades piedade para o pobre príncipe, e Gorvenal rejubilou-se na certeza de que o seu querido pupilo saltara para além das rochas e não se deixara afogar no mar que tanto adorava. Confiante, o escudeiro procurou seu cavalo e galopou para encontrar Tristão em algum lugar mais à frente. E Isolda? Ela acalentava a esperança de que o amado sobrevivesse e, assim, conseguiu esboçar um sorriso discreto. Com Tristão a salvo, ela morreria tranquila. Tal é o amor como o deles: a vida do outro vale mais do que a própria.

Contrariando as probabilidades, Tristão escapou das rochas afiadas e nadou rente ao costão, deslocando-se paralelamente à sinistra procissão que levava Isolda. Bom nadador, ele se adiantou a ela e escalou a escarpa que levava ao topo, encontrando-se com Gorvenal. Os dois se esconderam, aguardando a passagem da condenada. Súbito, ouviram um ruído de gelar o sangue: o som das matracas dos leprosos. Um bando das míseras criaturas se aproximava. Cerca de quarenta homens a quem a doença havia roído as carnes. A uns faltavam partes do rosto, a outros um pé, um braço, alguns dedos. Os corpos putrefatos exalavam um odor pestilento, nauseabundo mesmo. O grupo estava esfarrapado e sujo; os doentes caminhavam claudicantes, muitos deles apoiados em toscos cajados e muletas. Os rostos, que ainda podiam ser reconhecidos como tal, mostravam desespero. Em alguns, por trás do desalento, via-se um traço de maldade no que restava da boca; maldade nascida das condições inumanas em que viviam: banidos de suas casas, enxotados dos vilarejos, excluídos, desterrados, anulados. Mortos-vivos.

As duas procissões, caminhando em sentidos opostos, encontraram-se exatamente no local da fogueira, no momento mesmo em que Isolda era escoltada à pira. À visão dos temidos estropiados, um frêmito de horror percorreu os que vinham de Tintagel, e eles recuaram apavorados. Os leprosos gargalharam de satisfação ante o pavor demonstrado pelos sadios, e um dos doentes bastante deformado adiantou-se, com os olhos brilhando de cobiça ao ver Isolda.

— Meu nome é Yvain e sou o chefe desta turba. Ao que parece, a bela dama será imolada na fogueira. Isso é um desperdício, lindos senhores! Seu delito deve ser muito grave para merecer tal castigo, porém, uma grande falta pede uma pena maior do que uma morte rápida. A fumaça a sufocará em instantes, antes mesmo que as labaredas a queimem; será demasiado fácil. Entreguem-nos a dama para nosso prazer, e ela sofrerá muito mais. O contato com o nosso corpo a encherá de horror e repulsa. Nossa doença logo será a dela, e sua morte virá lentamente e em grande agonia. O que acham da minha proposta os distintos senhores?

Isolda gritou de terror:

— Deixai-me queimar, Majestade! Lançai-me à fogueira, mas não me entregueis aos leprosos!

Marc, sem demonstrar pena ou escrúpulo, simplesmente agarrou-a pelo braço e se encaminhou para Yvain.

— Leve-a! — E virou as costas para quem fora sua rainha.

Os leprosos exultaram, e o povo de Tintagel chorou, maldizendo o rei em seu coração. Até os quatro barões tremeram. E tremeram também Gorvenal e Tristão. O príncipe quis atacar os leprosos e libertar Isolda imediatamente, mas foi contido por seu fiel escudeiro:

— Espere o momento certo; deixe que o rei e a comitiva se afastem de volta para o castelo, levando de roldão os nobres e também o povo que chora por vocês. Ataque quando os leprosos estiverem sozinhos. Tome a minha cota e proteja-se com ela. Monte o meu cavalo e invista contra eles, que fugirão em alvoroço.

— O que seria de mim sem os seus conselhos, Gorvenal?

O bom homem apenas sorriu e o abraçou.

Ao se verem sós, os leprosos cutucaram Isolda com as suas muletas, ordenando-lhe que caminhasse. Olhavam-na com gulodice e diziam-lhe obscenidades. Silenciosamente, Tristão e Gorvenal tomaram a mesma direção que eles.

Quando a distância entre o séquito real e o bando de esquartejados tornou-se grande o bastante para impedir que o primeiro acudisse o segundo, Tristão investiu. Gritando o nome da amada, ele galopou entre os leprosos, causando pânico. O cavalo escoiceava, e o cavaleiro brandia a espada golpeando o ar. Ele procurava Yvain. Achou-o e decepou sua cabeça de um só golpe. Sem a liderança do chefe, os outros correram para salvar o que ainda lhes restava de vida, abandonando Isolda, que se ajoelhou chorando. Foi a primeira vez que aquela brava e altiva irlandesa se entregou às lágrimas. Os amantes se abraçaram impetuosamente, beijando-se e beijando-se, trocando palavras de alívio e conforto. Gorvenal aproximou-se e disse, preocupado:

— Tristão, nós precisamos achar um esconderijo, pois logo encontrarão o corpo de Yvain, e Marc saberá que você está vivo e resgatou a rainha. A fúria dele será imensa.

VII
A FUGA PARA MOROIS

A floresta de Morois era o melhor local onde buscar abrigo. Despovoada e compacta, com árvores de grande porte, arbustos espinhentos, poucas sendas e muitas varas de ferozes javalis, ela era evitada pelas gentes de Tintagel. Somente a realeza e os nobres se aventuravam por suas sombras para caçar os cobiçados animais, sem, contudo, se arriscar, em seus densos emaranhados de onde era impossível escapar da mortífera agressividade dos machos acuados. Mesmo Marc, com seus habilidosos monteiros e seus cães de bela linhagem, não se embrenhava floresta adentro. Isolda, Tristão e Gorvenal o sabiam, e, por isso, consideravam Morois um refúgio perfeito para escapar da perseguição do rei. Muito confiantes, eles decidiram penetrar no arvoredo.

Havia notícias de que um velho ermitão vivia no coração da floresta, mas os fugitivos não o consideravam uma ameaça, pois esses reclusos não se interessam pelos assuntos do mundo, e o solitário de Morois nada saberia sobre os acontecimentos de Tintagel.

— Por que não paramos para descansar? — perguntou Isolda. — Estamos andando há horas e a noite se aproxima.

— A rainha tem razão! Esgotados, nada poderemos fazer; além do mais, há um riacho aqui perto; ouçam o barulho das águas. Vamos preparar um leito de folhas para Isolda e, depois, sair em busca de um gamo ou de uma corça; qualquer um deles dará um ótimo jantar — disse Gorvenal.

— E como vamos caçá-los, meu amigo?

— Isso não é problema! Com um arco e algumas flechas; minha faca é afiadíssima e será fácil cortar e desbastar um ramo jeitoso. Há muitos por aqui.

— E de que maneira dispararemos as flechas?

— Eu tenho um bom pedaço de corda em minha sela.

O príncipe sorriu.

— Você é o melhor escudeiro desta ilha.

— Sou o melhor de todas as ilhas — brincou Gorvenal, afastando-se para procurar os galhos necessários.

Isolda e Tristão deram vazão à saudade. Desde o flagrante tramado por Frocin, aquela era a primeira oportunidade de extravasarem a paixão que os consumia. Apesar do futuro incerto, eles estavam felizes. Seus olhos de amantes só enxergavam belezas, dando à floresta cores e formas maravilhosas; a alegria também transformou os ruídos da mata em doces murmúrios, e o pio das aves, nas melodias mais suaves. Contente, Tristão imitava a voz do rouxinol, e Isolda ria, despreocupada.

Ao retornar com uma braçada de ramos, Gorvenal alegrou-se com a felicidade deles.

O arco foi imediatamente preparado e Tristão batizou-o de "arco que não falha". Nome bastante adequado, pois, na primeira tentativa, um esplêndido gamo foi abatido. Gorvenal destrinchou-o, lavou-o e colocou-o para assar em um pequeno braseiro preparado em um buraco no chão. Mesmo sem salgar, a carne ficou deliciosa, e eles saciaram a fome de quase vinte horas. A lauta refeição trouxe o sono, e eles dormiram. As últimas palavras de Isolda antes de adormecer foram:

— Esta cama de folhas é mais macia do que o leito de Marc.

* * *

Mesmo sabendo que nem Marc nem seus nobres adentravam tanto na floresta, os três não permaneciam mais de dois dias no mesmo lugar. Ao entardecer, Tristão e Gorvenal construíam pequenos abrigos para passarem a noite, e logo se tornaram hábeis na construção deles. A vida era rude, mas a liberdade a tornava encantadora. Tudo era prazeroso: banhar-se em riachos cristalinos, dormir sobre camadas de folhas e flores, colher frutos silvestres e caçar a carne das refeições. Não lamentavam a falta do conforto do castelo e das iguarias da sua mesa, mas seus corpos se afilavam a cada dia. O anel de esmeralda, presente de Marc na noite de núpcias, girava folgado no dedo de Isolda. A falta do leite, dos ovos, do pão e do precioso sal os enfraquecia, e eles se esgotavam facilmente. Suas roupas estavam em farrapos, mas o ânimo mantinha-se inteiro.

Um dia, eles ouviram o latido de um cão. Era um som bastante familiar a Tristão, e ele não teve dúvidas: vinha de Husdent, o seu maravilhoso perdigueiro que ficara em Tintagel. De alguma forma, o animal seguira o seu rastro e conseguira encontrá-lo.

— Husdent! Husdent! Venha! Venha!

O perdigueiro apareceu entre as moitas e correu para o dono. Saltou, ganiu e lambeu as mãos que o acariciavam. Era o seu modo de dizer da saudade que sentira e da alegria de reencontrá-lo. Isolda também o afagou, e ele agradeceu encostando a cabeça em seu colo. O belo cão malhado de castanho estava magro e sujo, com pelo baço e olhos remelentos. Não havia dúvida de que tinha penado muito para encontrar Tristão.

— Nunca vi Husdent tão alegre. É comovente! — disse Gorvenal.

Depois de muito festejar o dono, o cão se acalmou e deitou-se aos pés dele; naquela noite, foram quatro na cabana.

* * *

A vida em Morois seguia uma rotina: fugir, fugir e fugir, tomando, sempre, uma direção diferente. Husdent voltou aos antigos hábitos de latir à vista da caça abatida, e de perseguir, barulhento, todos os ruídos da mata; isso aborreceu Tristão, temeroso de que a algazarra do perdigueiro atraísse um caminhante extraviado que os delatasse a Marc. Para evitar o desastre, resolveu sacrificar o seu fiel companheiro. Com o coração pesado, ele pegou sua espada, mas foi contido por Isolda:

— Meu amigo, isso é monstruoso — ela o advertiu. — Na Irlanda, aprendi com um couteiro de meu pai como aquietar um cão de caça. Deixe-me treinar Husdent.

E assim, todas as manhãs, ela se ocupava do animal com grande prazer. Em pouco tempo o cão se tornou o mais silencioso membro do grupo.

Os dias passaram; os meses passaram, e os fugitivos continuavam em sua vida rústica e frugal, sentindo-se tão seguros atrás da barreira de árvores quanto se estivessem abrigados pelas grossas muralhas de um castelo. Eles já não pensavam tanto em seus inimigos, mas muito teriam se alegrado se soubessem da morte de Frocin, trespassado pela espada de Marc, que o julgava o mais culpado por sua desdita degradante.

A paixão de Isolda e Tristão não esmorecia e, em seus leitos perfumados, eles se amavam, achando também espaço para ternura. Uma noite, Tristão lhe sussurrou as palavras que haveriam de ser repetidas por poetas pelos séculos afora: "Minha bela amiga, não há você sem mim, nem eu sem você".

Mas a satisfação tinha um preço, como bem mostrava o triste aspecto de seus corpos macilentos. Quem mais pagava era Isolda, cujos sedosos cabelos da cor do sol haviam perdido o brilho e a maciez, enquanto sua pele, de um cálido branco rosado, tornara-se descorada e fria. Entretanto, de seus lábios não saía um queixume, um lamento; estar com o amado compensava todas as agruras.

O inverno chegou, e o chão cobriu-se de neve; o preço da felicidade aumentou. Entocados em uma providencial gruta, Isolda, Tristão, Gorvenal e Husdent sobreviviam com muito sofrimento. O frio cortante fazia estragos consideráveis, e eles se enrolavam nas peles dos animais abatidos. Caçar para sobreviver era uma tortura. Banhar-se no riacho, impossível. Resistir à adversidade, uma façanha extraordinária. Quando o último floco de neve derreteu e uma brisa morna soprou, eles renasceram. Porém, indiferentes às necessidades deles, os solstícios se sucederam, trazendo os bons e os maus dias.

Foi na segunda primavera em Morois que os quatro encontraram, por acaso, a cabana do ermitão. O homem os acolheu e, como conhecia a eficácia de ervas e plantas, cuidou de seus ferimentos. Sabe-se lá por que artes, Ogrin — este era o seu nome — logo adivinhou a identidade deles, e Tristão contou-lhe tudo o que se havia passado.

O ermitão escutou com atenção e depois disse:

— Nobre cavaleiro, eu acho que a rainha deve ser devolvida ao homem a quem pertence.

Tristão objetou violentamente:

— Isolda pertence a mim, pois, quando Marc a entregou aos leprosos, perdeu os seus direitos de marido.

— Talvez! Talvez! Mas a verdade é que o rei de Tintagel oferece cem moedas de ouro a quem vos encontrar. Eu sei!

— Como?

— Não importa! Aconselho-vos a devolver a rainha ao seu legítimo esposo.

— Nunca! Eu prefiro uma vida de perigos e de pobreza com Isolda do que uma rica e calma existência sem ela.

— E eu nunca fui tão feliz — completou a rainha.

Husdent rosnou, e Gorvenal dirigiu-se ao ermitão:

— Você os ouviu. Nosso lugar é longe de Tintagel. Adeus, meu bom homem!

E, sem esperar resposta, os quatro desapareceram entre as árvores.

Não muito depois desse encontro, algo inesperado aconteceu. Gorvenal levara seu cavalo para beber no riacho e ouviu um barulho diferente dos habituais ruídos: os latidos de vários cães e as pancadas surdas dos cascos de uma montaria. "Com certeza um caçador", ele pensou e, escondendo-se por trás de um tronco, esperou pelo homem. Para sua surpresa, quem surgiu foi Guenelon, uma das quatro criaturas que Tristão mais odiava no mundo. Ele estava sozinho e caminhava, puxando a montaria; Gorvenal desembainhou a espada e esperou. Um minuto ou dois e Guenelon ficou ao seu alcance; o escudeiro saltou sobre ele e feriu-o com várias estocadas, cada qual mais funda. O barão caiu morto e Gorvenal, de um só golpe, decepou sua cabeça para mostrá-la a Tristão. Depois, banhou-se no riacho para livrar-se do sangue do morto. Apoderou-se da montaria dele para dá-la a Isolda e voltou ao abrigo empunhando o macabro troféu. A rainha e Tristão dormiam abraçados, e para alegrá-los ao acordar, o fiel escudeiro equilibrou a cabeça de Guenelon numa das traves do teto. Era o melhor presente que lhes poderia dar.

Depois da comemoração daquela morte, os três confabularam, e Gorvenal voltou para junto do corpo de Guenelon e o arrastou para onde, se encontrado, aquele cadáver sem cabeça desencorajaria outros valentes de adentrarem Morois. Menos um barão significava mais segurança, e o sono dos fugitivos tornou-se mais reparador, mais profundo, mais benéfico.

A primavera passou e outro verão chegou. Um calor úmido subia do chão, mesmo nas madrugadas. Certa manhã, Tristão despertou, viu Isolda adormecida, beijou-lhe a face, pegou o arco que não falha, um punhado de flechas e, também, sua espada, que cingiu ao cinturão. Confiante em suas habilidades, partiu para caçar. Não foi uma caçada proveitosa, já que, com o apavorante calor, nem os animais deixavam as suas tocas. Depois de uma procura inútil, molhado de suor e muito cansado, Tristão retornou. Isolda ainda dormia, e ele se deitou junto dela; exausto, nem guardou a espada, limitando-se a desprendê-la da cintura e a colocá-la entre eles. Adormeceu em um instante.

* * *

Há fatos imprevisíveis e inexplicáveis. Quem poderia supor que alguém se aventurasse a percorrer o âmago da floresta? Porém, o impensável aconteceu, e seus efeitos foram determinantes. Um couteiro à procura de um animal extraviado distraiu-se e embrenhou-se na direção onde todos temiam ir. Não achou o que procurava, mas encontrou o abrigo, onde Isolda e Tristão dormiam. Apesar de sujos e maltratados, o homem os reconheceu e, satisfeito com a sorte, partiu célere para Tintagel a fim de dar as boas-novas ao rei, que havia tanto procurava pelo par de traidores e prometera recompensar generosamente a quem levasse notícias dele.

— Majestade, eu encontrei a rainha e o cavaleiro Tristão dormindo em um abrigo na floresta de Morois. Estavam deitados juntos, bem perto um do outro.

— Leve-me até eles! — A ira de Marc estampava-se em seu rosto e assustou o homem. — Se o que disseste é verdade, dar-te-ei todo o ouro e a prata que te seja possível carregar, mas, se estiveres mentindo ou se errares o caminho, só terás tempo de um suspiro, e teu cadáver apodrecerá em Morois.

— Majestade, não vos preocupeis! Eu os vi e sei como chegar ao abrigo. Deixei marcas nos troncos das árvores para me servirem de guia.

— Vamos, então! — gritou Marc, pegando a espada que mantinha sempre ao alcance da mão. E, virando-se para dois conselheiros já prontos para acompanhá-lo, ordenou: — Fiquem aqui! Quero cuidar deste assunto sozinho.

O rei calçou as luvas, cingiu a arma e saiu do salão a passos largos, obrigando o couteiro, homenzinho de passadas curtas, a correr para segui-lo.

O informante disse que deveriam entrar na mata no local onde se encontrava uma grande cruz pintada de vermelho e que, dali em diante, bastaria seguir no rumo das árvores que ele havia marcado.

— Então, apressa-te, porque os malditos podem acordar e partir. Se tal acontecer, o teu futuro é curto — ameaçou o rei.

Para alívio do homem, a cruz foi facilmente achada.

— Eis o lugar, Majestade! Deixai-me guiá-lo até onde dormem os traidores.

— Não! Espere-me aqui!

— Como Vossa Majestade desejardes! Pegai, então, a senda da direita e atentai para os sinais que deixei. Segui rente a eles e chegareis ao abrigo onde estão os vossos inimigos.

Marc esporeou seu cavalo, tendo um único pensamento: vingar-se da traição das duas pessoas que mais amara. O sangue de sua mulher e o do sobrinho faria cessar os murmúrios da corte.

Finalmente eis o abrigo.

— Primeiro, Tristão! Depois, a irlandesa! — Marc disse entre dentes, com o rosto totalmente contraído. — Vou despertá-los para que vejam quem os mata.

Sem nenhum ruído, o rei desmontou do cavalo e caminhou, sem hesitação. Aproximou-se e não acreditou em seus olhos: Isolda e Tristão dormiam sobre camadas de folhas, lado a lado, sem se tocarem; a separar seus corpos, a espada desembainhada do filho de Blanchefleur. Marc sentiu uma fraqueza nas pernas e um frio no coração, pois uma espada nua entre dois corpos simboliza castidade. Indica pureza de intenções. Amantes nunca a têm entre eles; o frio metal de uma lâmina jamais se interpõe entre os que se amam para não esfriar o calor de sua paixão. Ele estava enganado. Os nobres de Tintagel estavam enganados. O amor de Isolda e Tristão não era carnal; a espada nua o provava. As acusações contra eles eram falsas. Eram mentiras. Tudo fora planejado para perdê-los. Amaldiçoados barões!

— Como fui injusto e lhes causei mal! — Marc olhou para Isolda e seu peito se encheu de culpa. Sua amada rainha parecia outra pessoa: muito magra e assustadoramente pálida, vestida com andrajos, e os cabelos, que ele tanto admirara, desbotados e emaranhados. O que fizera com a bela princesa irlandesa? Como a destruíra com a sua insensatez! Como a insultara com sua insana desconfiança! Desviou o olhar daquele corpo martirizado e examinou Tristão. O sobrinho não estava melhor. Esquálido, maltrapilho igual a ela e cheio de contusões nos braços e nas pernas, sinal das dificuldades da sobrevivência em Morois. E o rei de tão importantes terras sentiu-se o mais indigno dos homens. O mais infame. O mais desprezível.

Cuidadosamente, ele retirou do dedo de Isolda o anel de esmeralda que lhe dera nas bodas. Seus olhos se encheram de lágrimas à constatação de como estava frouxo. No lugar dele, colocou o anel de jaspe que ela lhe oferecera como presente de núpcias. Pegou a espada, que separava os dois adormecidos, e substituiu-a pela sua. Vendo que um raio de sol caía no rosto da rainha, descalçou uma das luvas e usou-a para tapar a fresta por onde a luz entrava. Que eles dormissem em paz; que acordassem sabendo que seu amor por eles renascera. Com o coração aliviado, Marc se foi. Reencontrou o couteiro no local combinado e o homem, notando sua expressão apaziguada, ficou em dúvida se os seus dias de pobreza iriam realmente terminar, mas, como o rei não desembainhasse a espada contra ele, sua incerteza se dissipou. Logo ele seria tão rico que mal poderia carregar todo o ouro que ganharia. Seria invejado por todos.

* * *

Não muito depois da partida de Marc, o sono de Isolda foi interrompido por um pesadelo, e ela acordou gritando por Tristão, que, pensando tratar-se de algum perigo, se pôs de pé e procurou pela espada. Em vez da sua, achou a do rei.

— Marc esteve aqui — disse, assustado. — Levou minha espada e deixou a dele.

— E trocou meu anel de esmeralda pelo de jaspe que lhe ofereci quando nos casamos. E nos deixou uma de suas luvas. Tristão, meu amigo, diga-me qual o significado de tudo isso.

— É uma intimidação. Marc quer mostrar sua autoridade de rei poderoso. Logo ele voltará trazendo reforços e nos levará para Tintagel, onde nos queimará como havia prometido. Bela amada, temos que fugir o mais rápido possível. Vou procurar Gorvenal e Husdent e, em seguida, partiremos.

E assim os quatro seguiram céleres para as terras de Gales. Tudo o que desejavam era se distanciar da ira do rei. Por três dias, só pararam para dormir. Quase não comeram e não se desviaram para procurar água. Os homens iam alerta e com a espada desembainhada; de noite, o sono deles era leve como o ar. Durante o dia, Isolda e Tristão se observavam furtivamente e mostravam uma expressão diferente; era como se estivessem perdidos em pensamentos novos. E estavam. O príncipe se dava conta de que Marc, ao encontrá-los adormecidos, poderia tê-los matado e não o fizera. A luva e a troca do anel e da espada não assinalavam vingança. O rei quisera apenas lhes mostrar que os encontrara e os deixara viver. Marc os perdoara, e as tropas de Tintagel não os iriam capturar. A generosidade do tio era inacreditável, e Tristão se envergonhou de tê-lo julgado capaz de destruí-los. A grandeza do rei o fez sentir-se pequeno. Olhou para Isolda e culpou-se por seu estado deplorável. Sua paixão a desgraçara. Ele mudara o rumo daquela vida e a fizera trocar sedas por farrapos, o conforto de um castelo por abrigos de galhos e leitos de folhagens. Seu corpo, antes coberto de joias, exibia arranhões e machucados. E ele se perguntou como podia, assim de repente, ver o que antes não vira. Seu amor por Isolda era o mesmo, seu carinho não diminuíra e, no entanto, uma súbita urgência de devolver-lhe a vida antiga apossara-se dele. Uma ideia o tomou de assalto: o filtro! O efeito mágico da beberagem da rainha da Irlanda terminara. Os três anos do sortilégio haviam acabado, e a paixão imposta também. Será? Ele amara Isolda bem antes dos goles do vinho de ervas. Não fora a infusão que os unira. Mais cedo ou mais tarde, eles trairiam Marc. Ele o sabia. Sua atração pela bela Isolda, a Loura, era mais antiga do que o episódio da calmaria. Verdade ou mentira? Deveria culpar o filtro? Sim ou não? Aquelas eram perguntas sem respostas. Porém, estava muito clara, para ele, a necessidade de devolver sua amada a Marc, o melhor e mais generoso dos homens; era sua obrigação restaurar a vida que ela abandonara e, pelo bem dela, ele renunciaria àquele amor. Seu coração se despedaçaria, mas Isolda tinha que retornar a Tintagel.

A rainha também mergulhara em perguntas sem respostas. Olhava Tristão e se condoía da sua miséria. O belo príncipe, que um dia deveria reinar em Loonnois, estava reduzido a um mero fugitivo, e tudo por sua causa. Cabia-lhe toda a culpa. Ela o relembrou em Weisefort, cantando-lhe lindas canções de amor, e compreendeu que já, então, o desejava mesmo sem o saber. Deveria culpar o filtro pela paixão que os arruinara? Não sabia a resposta. Mas sabia que precisava fazê-lo retornar à vida de outrora. Ela o amaria para sempre, mas era preciso deixá-lo ir. Marc demonstrara que os havia perdoado. Era tempo de agir.

Tristão interrompeu as divagações de Isolda com um comentário surpreendente:

— Não vejo necessidade de irmos para Gales; em vez disso, precisamos nos encontrar com o ermitão e ter com ele uma conversa.

E assim foi feito; os três esporearam seus cavalos e foram procurar Ogrin.

VIII
O encontro no Vau Venturoso

Perinis, o dedicado pajem irlandês, que acompanhara Isolda à Cornualha, entrou em uma taberna próxima a Tintagel, onde homens conversavam. O mais baixo de todos, alterado pelo álcool, era quem mais falava, embasbacando os companheiros. Curioso, o jovem apurou seus ouvidos para saber o motivo de tanto pasmo. E o que descobriu o enraiveceu: o homenzinho gabava-se de ter encontrado a rainha e o cavaleiro Tristão adormecidos em um abrigo na floresta e de ter, imediatamente, procurado o rei para contar o paradeiro deles. Como recompensa, recebera muitas moedas de ouro. Perinis controlou sua ira e aguardou. Quando o homenzinho saiu, ele o acompanhou e, num descampado longe de testemunhas, golpeou-o várias vezes na cabeça com um pedaço de pau.

E assim findou-se a vida da miserável criatura que ousara contra a adorada senhora do pajem.

* * *

À porta de sua cabana, Ogrin não ficou nada surpreso com a chegada daqueles visitantes, que desmontaram de seus cavalos e o saudaram com apreço. Quem primeiro falou foi o sobrinho de Marc:

— Viemos para conversar, ermitão!

— Já faz quase um ano que nos encontramos e é fácil ver que os vossos problemas continuam. Na época, o cavaleiro preferia correr riscos a devolver a rainha ao rei, e ela dizia viver os melhores momentos de sua vida. Que desejais, então, de mim?

— Queremos ouvir o que a sua sabedoria tem a nos dizer, depois de considerar o que lhe vamos contar.

E Tristão falou, sem nada esconder. Falou da visita de Marc, do medo de serem perseguidos e presos, da intenção de fugirem para Gales e do alívio ao se darem conta de que ele não lhes fizera nenhum mal. Depois, perguntou como deveriam agir dali em diante.

O ermitão escutou em silêncio, avaliando cada palavra.

— O que nos aconselha? Nosso amor é imenso, maior do que a nossa vida, mas o sofrimento pela dor do outro é insuportável e estamos cheios de incertezas. Angustia-me ver os padecimentos de Isolda causados pela vida extremamente rude que levamos.

— E eu me atormento com o deplorável aspecto do meu amado e me pergunto se é justo despojá-lo da privilegiada posição a que tem direito — confessou Isolda.

O sábio homem sorriu. Na primeira visita, estarem juntos era tudo que desejavam; nada os preocupava. Nem a pobreza, nem a solidão da floresta, nem o frio, nem a fome. Mas a pedra angular daquele relacionamento mudara. O bem-estar do outro, agora, parecia fundamental. Teria a magia do vinho de ervas se esgotado? Seria essa a razão daquela drástica mudança ou se tratava apenas de uma questão de bom senso ante a atitude receptiva de Marc? A resposta àquela pergunta não importava diante dos escrúpulos anunciados, e ele já sabia o que aconselhar.

— Acho que é tempo de escreverdes ao rei e aclarar os fatos. Contai-lhe como vos sentis e apontai uma solução. O rei mostrou-se magnânimo e, com certeza, aceitará vossa proposta. Dizei-me exatamente o que desejais, e eu o escreverei.

— Mencione o filtro amoroso preparado pela rainha de Weisefort e diga que a rainha Isolda e eu vivemos, os últimos três anos, sob a influência e os poderes encantatórios da poção mágica. Explique que nós jamais nos relacionamos de forma vergonhosa. Que nosso convívio nunca se apoiou em sentimentos degradantes e que, sob nenhuma condição, o quisemos afrontar. Que, agora, livres dos efeitos do filtro, nós imploramos por seu perdão. Diga que a rainha deseja retornar a Tintagel e viver junto dele, e que a minha maior alegria é voltar a servi-lo como antes, mas que, se a minha presença não for bem-vinda, oferecerei meus serviços a um rei distante e viverei afastado da Cornualha para sempre. Peça-lhe para informar aos nobres a minha disposição de enfrentar, em um duelo até a morte, quem, dentre eles, duvidar das minhas afirmações. Diga-lhe que, se ele não aceitar Isolda, eu a levarei de volta para a Irlanda, onde ela um dia reinará em paz. Finalmente, escreva que a resposta dele seja deixada na forquilha pintada de vermelho, no lado sul da floresta de Morois.

— Muito bem! Se isso é o desejado, isso será escrito.

E, sem perda de tempo, a carta foi preparada e selada com o anel de Tristão.

— Quem levará vossa mensagem ao rei? — perguntou o ermitão.

— Quem se não eu mesmo? — respondeu o príncipe.

— O risco de serdes morto antes de entregá-la a Marc é grande — alertou Ogrin.

— Mesmo assim, é meu dever fazê-lo. Gorvenal me acompanhará e, com ele, estarei seguro. Partiremos sem demora, pois a escuridão da noite nos acobertará quando chegarmos a Tintagel.

Isolda despediu-se de seu amado com um apaixonado beijo e desejou-lhe boa sorte.

Cavalgar até as proximidades do castelo não foi problema. Tristão desmontou e, entregando seu cavalo ao escudeiro, ordenou-lhe que o esperasse ali mesmo. Não se demoraria, ele disse.

O plano para entregar a carta era audaz, mas simples: esgueirar-se até embaixo do quarto de Marc, escalar a parede que levava até ele, prender o pergaminho em um canto da janela, chamar pelo tio, identificar-se e dizer-lhe que o lesse. Depois, descer rapidamente e sumir pelo mesmo caminho por onde viera.

Tudo aconteceu como planejado. E mais: ao ouvir seu nome e ver o pergaminho preso no peitoril da janela, Marc chamou por Tristão várias vezes, mas não teve resposta.

De manhã, o rei reuniu seus nobres no grande salão e pediu ao sábio do reino que lesse a carta. A mensagem despertou muita surpresa e foi ouvida com atenção; a parte referente ao duelo causou arrepios nos fidalgos e todos eles acharam melhor atribuir aos poderes do filtro irlandês o que quer que tivesse acontecido entre o sobrinho do rei e a rainha. Ninguém se atreveu a pensar o contrário. Duvidar das palavras do cavaleiro Tristão era, no mínimo, muito arriscado. Assim, as opiniões foram todas favoráveis à volta de Isolda a Tintagel, mas os conselheiros objetaram quanto ao retorno de Tristão:

— Deixai que ele se vá, Majestade, pois calúnias podem ser novamente ditas, e as falsas acusações entristecerão a rainha, que já tanto sofreu.

O sábio da corte imediatamente escreveu a resposta ditada pelo rei, que a mandou colocar no local combinado.

Tristão, escondido perto da forquilha, viu chegar o mensageiro e apanhou o pergaminho assim que o homem desapareceu na estrada; depois, ávido pela resposta, galopou para a cabana de Ogrin.

— Leia-nos o que diz meu tio — pediu ao ermitão.

Ogrin quebrou o lacre com o sinete real e leu:

"Eu, Marc, rei de vastos domínios na Cornualha, concordo com a volta de Isolda ao castelo de Tintagel, onde lhe serão restituídos todos os privilégios de sua posição. Porém, acatando a opinião de meus mais ponderados conselheiros, não permito o retorno de Tristão à corte. Ordeno que parta para longe e estimo que sirva a outro rei tão bem como serviu a mim. Lamento ter dele injustamente desconfiado, e lhe desejo sorte e vida longa. Determino também que, dentro de três dias, ele escolte a rainha até a margem esquerda do Vau Venturoso, onde nos encontraremos; depois, que prossiga rumo ao mar e embarque para o exílio."

A recusa do tio em permitir sua permanência até mesmo na Cornualha muito entristeceu Tristão, pois significava a impossibilidade de ver a mulher amada. Isolda também se ressentiu, e culpou os odiosos barões pela terrível decisão de Marc. Gorvenal e Ogrin os consolaram, argumentando que o banimento do príncipe não seria eterno; apenas o tempo necessário para que as maledicências fossem esquecidas.

Vendo que a aparência de Isolda em nada lembrava a de uma rainha, o ermitão rumou para uma aldeia não muito longe, onde, com as suas economias de muitos anos, comprou uma túnica de seda branca, uma capa de tecido púrpura — a cor da realeza — e algumas peles de esquilo cinzento para orná-la. Tratou também de adquirir um belo cavalo branco, que mandou ajaezar pelo melhor ferreiro. Isolda comoveu-se com a sensibilidade de Ogrin e prometeu recompensá-lo com ouro equivalente a muitas vezes os seus gastos. Tristão também foi presenteado com calções, camisa e gibão. Assim paramentados, a rainha e o cavaleiro fariam uma digna aparição.

Os três dias que antecederam a ida até o Vau Venturoso foram de muita amargura para os amantes, que trocaram tristes juras de amor eterno. Na hora da partida para o local do encontro, Isolda retirou do dedo o anel de ouro e jaspe que Marc lhe restituíra e disse com voz embargada:

— Belo amigo, leve esta joia; ela me representará junto a si, e, quando as saudades forem insuportáveis, acaricie-a como se a mim acariciasse, toque-a como se tocasse o meu corpo. Isso diminuirá a sua tristeza. Este aro de ouro nos unirá, por mais longe que estejamos um do outro.

Tristão colocou o anel no dedo mínimo e tomou as mãos de Isolda entre as suas.

— Bela e querida amiga, deixo-lhe Husdent, já que vocês muito se afeiçoaram. O nosso bom companheiro estará sempre a seu lado e a fará lembrar-se de mim e do nosso grande amor.

Isolda tremia de emoção e, com muito esforço, sussurrou-lhe:

— Eu cuidarei dele com o maior desvelo, e ele será a minha maior alegria. Antes do nosso adeus, empenho minha palavra de estar presente sempre que o meu amado amigo precisar de mim. Envie-me o anel como sinal, e irei ter com você. Não haverá rei, nem mar, nem florestas que me impeçam de vê-lo.

— Prometo-lhe que assim farei, amada da minha vida.

E os dois se abraçaram e se beijaram numa despedida como a Cornualha nunca antes conhecera e jamais voltaria a testemunhar, pois o amor deles era o maior dentre os amores.

Tristão, Isolda e Gorvenal acenaram para o ermitão e, seguidos por Husdent, cavalgaram em direção ao lugar determinado por Marc. No meio do caminho, o escudeiro despediu-se da rainha e tomou a direção do local onde mais tarde se encontraria com o príncipe para, juntos, seguirem rumo ao exílio. Assim são os verdadeiros amigos: fiéis na riqueza e na pobreza.

* * *

A planície ao longo do Vau Venturoso estava pontilhada de estandartes ostentando as insígnias dos nobres de Tintagel, desejosos de rever a bela rainha. Perto da margem direita do vau, erguia-se uma imponente tenda vermelha com a bandeira de Marc. O burburinho da real comitiva abafava os pios das aves da pradaria. A aragem suave, que ondulava o capim rasteiro, e o ar tépido de fim de tarde faziam daquele o dia perfeito para o reencontro dos soberanos.

Duas figuras despontaram ao longe e foram aumentando de tamanho conforme a distância encurtava. Dois cavalos com seus cavaleiros. Tristão e Isolda. O burburinho ganhou força, e a comitiva de Marc alvoroçou-se. Andret, Denoalen e Gondoine fingiam satisfação. O rei aprumou-se em toda a sua estatura: era preciso impressionar Isolda. Já se divisavam detalhes dos cavalos e dos cavaleiros: uma montaria castanha e uma branca; na castanha, o príncipe; na branca, a magnífica rainha coberta com uma capa púrpura, que dardejava aos últimos raios de sol. Uma imagem digna de se guardar na memória.

Os recém-chegados pararam as montarias do outro lado do vau. Marc fez sinal para que os dois o atravessassem, e o gesto despertou em Isolda o medo do definitivo, do inapelável, do sem volta. Desolada, ela olhou para Tristão e murmurou:

— Querido amigo, não parta para o exílio neste momento; espere para ter certeza de como Marc se porta comigo. Talvez nossos inimigos não o deixem esquecer o passado e isso ponha a minha vida em risco. Fique na Cornualha e abrigue-se com Orri, o guarda-caça; ele é um bom homem e já provou sua lealdade a mim. Mandarei notícias por Perinis. Adeus, meu adorado!

— Adeus, minha amada amiga! Eu velarei para que nada de mal lhe aconteça.

Os amantes adiantaram os seus cavalos e atravessaram a água. Tristão saudou o rei, como convinha, e disse-lhe, muito respeitoso:

— Majestade, jamais vossa rainha e eu nos desonramos e jamais nosso afeto foi indigno. Restituo-vos Isolda, a Loura, vossa rainha e minha senhora. Gostaria de permanecer convosco para servir-vos, empenhando minha honra e minha espada. Com vossa recusa, parto ao estrangeiro e arriscarei minha vida para engrandecer a memória de meu pai e de vossa irmã, Blanchefleur.

Marc, com as palavras dos barões ainda ressoando em seus ouvidos, respondeu-lhe tristemente:

— Sua presença em Tintagel reacenderia as maledicências e as injúrias, que nos abateriam aos três. Parta e leve consigo as nossas saudades. Meu intendente dar-lhe-á todo o ouro que quiser.

Tristão recusou a oferta de um tesouro, e vendo que o rei portava a espada que lhe pertencia, pediu-lhe que a devolvesse e, em troca, restituiu a dele. Em seguida, pousou seus lábios na mão de Isolda e beijou a face do tio. Olhou para Husdent, voltou seu cavalo para o descampado e galopou na direção onde ficava o mar. Mas, obedecendo o pedido da amada, mudou de direção e foi encontrar-se com Gorvenal na cabana de Orri, onde foi recebido com alegria.

* * *

Na margem do vau, os estandartes foram recolhidos e a tenda vermelha, desmanchada. Os cavaleiros ergueram as suas cores, e o séquito real seguiu, a passo, para o castelo fortaleza. Isolda ia pensativa, e o rei cavalgava ereto e jubiloso, sem notar a preocupação que sombreava o olhar da amada, tornando-o cinza, a cor da tristeza.

Nas proximidades de Tintagel, os vassalos e todas as gentes aguardavam com ansiedade a volta da querida rainha. A felicidade em revê-la era tanta que sua palidez e magreza não foram notadas. Todos se maravilharam com o sorriso cálido com que ela os saudava. Era o quanto lhes bastava.

No castelo, Brangien, a Fiel, a esperava. As duas se abraçaram para anular a ausência daqueles anos. Sozinhas, riram e trocaram confidências. Perinis juntou-se a elas e compartilhou da alegria. Orgulhoso, contou o seu encontro com o ambicioso couteiro e como o matara a pauladas. Brangien, a Astuta, confessou que fingira odiar Tristão para manter as boas graças do rei.

Assim foi a volta de Isolda ao leito de Marc.

IX
O JURAMENTO ARDILOSO

Andret, Denoalen e Gondoine não estavam, de todo, satisfeitos. Tristão encontrava-se bem longe, do outro lado do mar, mas a presença de Isolda em Tintagel significava a possibilidade de um retorno do cavaleiro, e isso, definitivamente, não lhes convinha. Para afastá-la, os três engendraram um habilidoso expediente: obrigá-la a fazer o juramento que não poderia ser feito e, com isso, arruiná-la com o rei, que a baniria da corte. E, na primeira oportunidade, puseram o plano em ação. Aconteceu quando encontraram Marc durante uma caçada.

— Majestade, há muito desejamos falar-vos a respeito de algo que precisa ser reparado. É sobre a volta da rainha, que retornou ao vosso convívio sem nunca se justificar das acusações que lhe foram feitas no passado. Seus súditos comentam a impropriedade dessa atitude e, para calá-los, urge que Vossa Majestade a faça jurar, no panteão das divindades celtas, sua total inocência. Uma recusa revelará culpa, e ela não será digna de permanecer em Tintagel.

Marc enfureceu-se e lembrou-lhes que Tristão quisera justificar a si e a rainha em um duelo até a morte e não houvera quem aceitasse o desafio. Isso encerrara o problema, e voltar ao assunto era uma impertinência intolerável. Rubro de cólera, ele ameaçou expulsá-los do reino. E, esporeando a montaria, os deixou falando sozinhos.

Isolda, que o ajudava a despir-se das roupas de caça, notou sua raiva e imaginou que dizia respeito a Tristão. Que ele havia sido encontrado e preso por descumprir a ordem de exílio. Para se certificar, provocou-o:

— Como pode uma simples caçada deixar-vos tão alterado? É apenas um esporte, uma diversão!

E, como ela insistisse e insistisse, ele acabou por contar o encontro com os barões. Isolda sorriu-lhe e disse tranquilamente:

— Esposo, eu não me oponho a um juramento, pois sou inocente do que me acusam e nada tenho a temer dos deuses. Não os afrontarei com palavras falsas.

Marc ficou radiante com aquela prova de fidelidade e propôs-lhe uma jura pública, que acabasse de vez com a maledicência na corte.

— Assim será! — ela concordou serenamente. — Dentro de dez dias, na Charneca Branca, onde é atravessada pelo vau. Convidai, também, o rei de Caduel com seu senescal e seus dois nobres mais importantes. Quero-os como testemunhas para que, mesmo fora da Cornualha, não pairem dúvidas sobre o meu comportamento.

A exigência dela foi aceita de muito bom grado, e Marc ficou orgulhoso da atitude de sua rainha, de quem se despediu sorridente.

Isolda mandou chamar Brangien e contou-lhe a conversa com o rei. Pediu-lhe que a ajudasse a descobrir como jurar aos deuses sem cometer perjúrio. Tanto uma como a outra eram criaturas engenhosas, capazes de contornar aquela delicada situação.

— Em que consiste a jura imposta? — perguntou a aia.

— Devo dizer que nunca amei Tristão com um amor que macule a honra de Marc.

E a senhora e a ama suspiraram diante daquele problema. Mas, para a sagacidade, nada é impossível, e finalmente uma solução foi encontrada.

Isolda enviou Perinis à cabana de Orri com um recado para o seu amor. O pajem deveria dizer ao príncipe que, no dia do juramento, estivesse sentado ao pé do outeiro da Charneca Branca, junto ao vau, vestindo trapos como um leproso e portando-se como se já estivesse perdendo o juízo. Que levasse um cálice para as esmolas e uma muleta como apoio. E que fizesse exatamente o que ela lhe ordenasse.

Enquanto o povo de Tintagel aguardava ansioso pelo compromisso de Isolda, desejando-lhe boa sorte, ela e Brangien se congratulavam pela bela ideia que haviam tido.

No dia aprazado, a Charneca Branca — divisa entre os reinos de Marc e do soberano de Caduel — encheu-se de nobres testemunhas. As comitivas postavam-se cada qual na margem que pertencia ao rei a quem serviam. Andret, Denoalen e Gondoine compareceram impávidos, como se pouco lhes importasse o juramento de Isolda. Um pobre leproso, sentado à parte, olhava a cena, procurando entender o que se passava. Ele ria, fazia caretas e estendia o cálice pedindo moedas.

De repente, fez-se silêncio: eram os senhores de Tintagel que chegavam. Marc cavalgava junto a Isolda, que, despojada de joias e vestindo uma singela túnica branca, montava o seu belo palafrém. Estava serena e altiva. Brangien e Perinis seguiam-na de perto, para servi-la. Isolda decidiu transpor o riacho para prestar sua jura no lado oposto, onde estava o soberano de Caduel. Mas, ao seguir Marc na travessia, disfarçadamente fez sua montaria corcovear e retornar à margem. Como o animal não se aquietasse, a rainha fingiu hesitar e, antes que alguém a socorresse, ela se dirigiu ao leproso, ordenando-lhe que a carregasse até o lado oposto. A mísera criatura obedeceu e tomou-a nos braços. Isolda, sem que ninguém percebesse, sussurrou que aparentasse não ter forças para carregá-la. A simulação foi perfeita, e ela então enganchou-se em suas costas, envolvendo-o com as pernas para não cair. E, desse jeito, a rainha chegou sã e salva à outra margem, pronta para jurar. O leproso pulava e gritava para deleite de todos e, como paga, Marc atirou-lhe uma moeda de ouro, que ele avidamente apanhou. Isolda encaminhou-se para o marido e pegou suas mãos. Era chegada a hora. Com voz forte e audível, ela se dirigiu aos deuses. Suas exatas palavras foram: "À grande deusa Danann, mãe de todas as divindades da Irlanda, asseguro que homem nenhum tocou minhas coxas a não ser Marc, meu esposo, e este pobre leproso, que me ajudou a atravessar o vau". As testemunhas prendiam o fôlego, aguardando a reação da deusa às palavras de Isolda, que, em caso de perjúrio, seria esmagada pela fúria divina. Mas, como a divindade não se manifestasse, todos irromperam em aplausos: a rainha provara-se inocente das infames acusações.

Marc disse aos nobres:

— Que ninguém mais duvide da rainha e que não se levantem mais calúnias contra ela; aqueles que o ousarem conhecerão o fio da minha espada.

Depois, os soberanos retornaram a Tintagel, e os nobres voltaram aos seus castelos. Os primeiros a desaparecer foram Andret, Denoalen e Gondoine. Quando a Charneca Branca se esvaziou, Tristão livrou-se dos farrapos de leproso e rumou para a cabana de Orri, orgulhoso da astúcia de Isolda.

* * *

Por três dias o príncipe permaneceu com o guarda-caça, esperançoso de que Marc o chamasse de volta a Tintagel, uma vez que a inocência dele e de Isolda fora provada, mas, por alguma razão, seu tio desejava mantê-lo longe da Cornualha. Gorvenal insistia em que eles partissem o quanto antes para não encolerizar o rei; havia outras duas razões para aquela pressa: evitar que o príncipe procurasse sua querida amiga e, em segundo, não arriscar a vida do couteiro que os abrigava. No quarto dia, Tristão concordou em partir para o exílio e oferecer seus serviços a quem necessitasse de sua espada.

Era noite quando se puseram a caminho. Uma noite enluarada e cálida, como agrada aos amantes. Os dois cavalgavam em silêncio, remoendo a tristeza da partida e antevendo as saudades que sentiriam vivendo em terra estranha. Por mero acaso, pois não houve intenção, eles pegaram a estrada que margeava o pomar de Tintagel, e Tristão viu o grande pinheiro de tão boas recordações. Tomado de muita ansiedade, ordenou a Gorvenal que desmontasse e o aguardasse, pois desejava ver a amada uma última vez. O escudeiro tentou dissuadi-lo, chamando-o de louco, mas o príncipe, escondendo-se de sombra em sombra, aproximou-se do castelo e, abrigado por um arbusto, imitou o canto do rouxinol. Isolda ouviu a melodia e lembrou-se. Furtivamente, desprezando as consequências, saiu do quarto e foi encontrar-se com o seu belo amigo. Felizes como se não existissem riscos, eles correram para junto do pinheiro e se amaram. As delícias daquela noite acordaram os sentidos de ambos, e Tristão resolveu ficar na Cornualha por mais algum tempo. E nas noites seguintes o rouxinol cantou, e a rainha acorreu ao doce chamado. Depois, para não desperdiçarem preciosos minutos, os amantes, ajudados por Brangien e Perinis, passaram a se encontrar no castelo, como haviam feito no passado.

Não é sábio desafiar a sorte repetidamente, e o que era possível de acontecer aconteceu: num alvorecer, Tristão foi avistado. E avistado justamente por um servo de Gondoine, que se apressou em avisar o amo. O barão contou a boa-nova a Denoalen, e ambos tramaram uma cilada para a noite seguinte. A honra de emboscar o amante de Isolda coube, pela sorte, a Gondoine.

* * *

A lua cheia projetava sombras no pomar de Tintagel, e Tristão percebeu a silhueta de um homem marcada no chão de terra. Com muito cuidado, aproximou-se e viu Gondoine, que caminhava sem dar por sua presença. Desembainhando a espada, o príncipe se adiantou para atacá-lo, mas, antes que o fizesse, o barão desviou-se e, seguindo por outro caminho, livrou-se da morte que o esperava. Aborrecido, Tristão prosseguia para o castelo quando, de repente, ouviu o relinchar de um cavalo. Escondeu-se atrás de uma árvore e viu Denoalen acompanhado por dois belos cães de caça.

— Tanto melhor — ele murmurou. — Perdi um deles, mas tenho o outro. Não me importa quem morre primeiro.

— E avançou para o atônito barão sem lhe dar a mínima oportunidade de defesa, degolando-o na primeira investida. A nobre cabeça rolou para longe do corpo, e Tristão cortou suas tranças ensanguentadas e as prendeu no cinto, como um troféu para Isolda.

Satisfeito com a vingança, ele escalou a parede para alcançar o aposento real e já ia transpondo o peitoril da janela para entregar à amada o presente extirpado de Denoalen, quando viu o sinal de advertência de Isolda, que avistara a sombra de Gondoine projetada dentro do quarto. O barão estava enganchado numa trepadeira ao lado da janela, à espera de conseguir um flagrante. Porém, mais uma vez, a sagacidade da rainha os salvou.

— Cavaleiro Tristão — ela disse candidamente —, é bom ver-vos depois de tanto tempo.

Notando as palavras cerimoniosas e a inexatidão da frase, o príncipe pôs-se em guarda.

Isolda, apontando para as tranças penduradas no cinto de Tristão, iniciou uma conversa singular:

— Que tranças são essas?

— Pertenciam a um inimigo a quem matei aqui perto.

— Com certeza, o matastes com uma flecha. Mostrai-me a vossa destreza atirando contra a trepadeira. — E, assim falando, apontou para onde se escondia Gondoine.

Tristão entendeu o pedido e, voltando-se rápido, disparou na direção do barão, trespassando-lhe o crânio bem no olho direito.

— Alegremo-nos, bela amiga, pois, dos nossos inimigos, somente Andret continua vivo.

— Agora, meu querido amor, eu me sentirei um pouco mais segura e poderei viver em paz ao lado de Marc. Perinis enterrará Gondoine longe de Tintagel para que jamais o en-

contrem. O desaparecimento dele será um eterno mistério.
— E, ante a felicidade dela, Tristão chamou-a para si.

O alvorecer os surpreendeu abraçados e, então, o príncipe disse, preocupado:

— A morte de Gondoine nunca poderá ser provada, mas não a de Denoalen, cujo corpo decapitado logo será achado. Os que me julgam culpado pelo fim de Guenelon me responsabilizarão pelo acontecido a Denoalen e me perseguirão e caçarão como se perseguem e caçam os javalis. Minha bela rainha dos cabelos dourados como o sol, terei de partir.

Vendo a profunda tristeza nos olhos do amado, Isolda compreendeu que aquele seria um adeus definitivo e, pelo bem dele, não tentou retê-lo. Comovida, disse-lhe:

— A separação fere bem mais do que o fio de uma espada, mas sua partida é mais do que necessária. Prefiro sabê-lo em terras distantes do que tê-lo aqui, com a vida em risco. Lembre-se sempre do anel que lhe dei e jure-me que o enviará quando precisar de mim.

— Ele me aquecerá o coração onde quer que eu esteja.

— Sim, meu amado, não há você sem mim, nem eu sem você. — E beijou-o mais uma vez. — Até sempre, meu adorado Tristão!

— Até sempre, minha querida rainha!

X
Um casamento na Armórica

Tristão e Gorvenal deixaram a Cornualha em um barco de mercadores, que zarpou rumo ao sul, em direção a terras conhecidas como Armórica. Diziam-se maravilhas dela: que era de clima temperado, que tinha invernos amenos, verões frescos, pesca abundante e solo fértil. Historicamente ligada à Irlanda céltica, a Armórica parecia o lugar ideal onde jurar fidelidade a um duque ou rei.

Um cavaleiro audaz era sempre muito bem-vindo pelos nobres com domínios a defender, e o príncipe ofereceu seus serviços ao senhor de Carhaix, o duque Hoël, para ajudá-lo na luta contra o seu ferrenho inimigo, o conde Riol de Nantes. As hostilidades entre eles haviam começado quando o duque frustrara o desejo do conde de casar com sua filha, linda mulher de pele alva, corpo esguio e farta cabeleira ruiva. Por batismo, chamava-se Isolda e, por afeição, Isolda das Mãos Brancas. Riol de Nantes jamais esqueceu essa ofensa, e se dedicava, com empenho, a combater o duque.

Hoël tinha um filho, Kaherdin, jovem bravo e impetuoso, de quem Tristão logo se tornou amigo. Muitas vezes os dois lutaram lado a lado contra o rancoroso conde, até que este, ao escapar da morte durante um confronto, selara a paz com o duque. Depois disso, Tristão e Kaherdin lançaram-se em busca de novas e excitantes aventuras, percorrendo a Armórica e lutando aqui e ali sem jamais serem derrotados. Um dia, ao cavalgarem pelas terras do duque, o príncipe, amargurado pelas saudades de sua bela amiga e decepcionado por nunca mais ter recebido notícias dela, imaginou-se esquecido e mergulhou em sombrios pensamentos. Imaginou Isolda feliz nos braços de Marc, acariciada e desejada, e ficou muito perturbado. Lembrando-se dos versos que cantara em sua homenagem, ele se pôs a repeti-los. Sua voz grave e melodiosa encantou Kaherdin, que lhe pediu mais e mais canções. A beleza e a suavidade delas restauraram o ânimo do príncipe, que cantou os seus mais lindos lais, entre eles um muito especial, que compusera para o seu único amor:

Isolda, querida amada, aqueça o meu corpo com seus beijos. Restaure minha alegria, que desaparece quando você se afasta.

Ao ouvir o nome da irmã, Kaherdin não conseguiu conter sua satisfação, pois nada lhe daria maior prazer do que as núpcias daquelas duas criaturas tão amadas. Tristão não desfez a confusão do amigo porque, como só Isolda, a Loura, era dona de seu coração, o engano do outro passou despercebido. Isso foi um erro fatal.

De volta ao castelo, Kaherdin apressou-se a contar à irmã o lindo segredo que Tristão guardava no peito. Repetiu-lhe as palavras do lai composto em sua honra e, ao ouvi-las, Isolda das Mãos Brancas sentiu-se imensamente feliz, pois amava o estrangeiro desde que o vira pela primeira vez. Seu amor era silencioso e intenso. Nunca a recatada Isolda havia deitado olhos para um homem; nunca seu corpo ardera de desejo; nunca ela se perdera em sonhos e devaneios amorosos, mas a inconfidência de Kaherdin rompeu as barreiras que a tolhiam, e Isolda das Mãos Brancas resolveu casar-se com Tristão de Loonnois.

O príncipe viu o novo brilho no olhar da donzela quando estavam juntos; percebeu seu desassossego; notou-lhe o arfar do peito e o tremor das mãos. E esses sinais lançaram-no a um redemoinho de incertezas e de angústia. Ele amava outra; uma Isolda que o tinha esquecido e relegado ao passado, e que, agora, deleitando-se com as carícias de Marc, vivia uma existência de encantamentos e venturas, enquanto a dele era de tormentos e desilusão. E, em meio a esses pensamentos sombrios, surgia diante de seus olhos, bem clara e límpida, a imagem da outra Isolda, que lhe dedicava um amor verdadeiro e puro. Assim, em suas muitas vigílias de angústia, ele se perguntava: "Por que me devotar a quem não pode ser minha e desprezar quem anseia por mim? Por que não procurar a felicidade neste amor aqui tão próximo? Por que não renunciar, de vez, ao que já não é meu? Por quê? Por quê?". Mas havia sempre uma resposta: "Melhor esperar um pouco". E, enquanto esperava, Tristão dedicou a Isolda das Mãos Brancas seus cuidados e gentilezas.

Essa dedicação chamou a atenção de Hoël, que muito se alegrou com a possibilidade de casar sua filha com Tristão de Loonnois. Aquele príncipe valoroso e guerreiro era o mais indicado genro que um duque poderia querer. Ele partilharia, com Kaherdin, a responsabilidade de zelar por suas terras e daria muitos filhos saudáveis e belos a Isolda. O certo era lhe oferecer imediatamente a mão dela em casamento. E assim o fez. Tristão pensou: "Meu sofrimento vem de uma Isolda e, agora, outra Isolda pode me livrar da desolação que me aflige. Assim como a minha bela amiga se deleita no leito de Marc, eu terei alegrias nos braços da minha ruiva esposa. Talvez, até, aprenda a amá-la". E, então, ele aceitou.

* * *

O castelo na Armórica é engalanado para as bodas, e um suntuoso banquete, preparado. São dias de grande entusiasmo, com todos os vassalos de Hoël satisfeitos por terem um aguerrido príncipe para defendê-los. Kaherdin não cabe em si de tão contente, e a noiva aguarda ansiosa pelos beijos de Tristão. A festa de casamento se prolonga entre músicas, danças e jogos. Finalmente a noite cai, e o leito nupcial espera os recém-casados. Isolda é quem primeiro se deita; Tristão despe a túnica, e a manga apertada roça-lhe os dedos, fazendo cair no chão o anel de jaspe oferecido por sua bela amiga na hora da despedida. Ele o apanha e se perturba. A loura Isolda invade os seus pensamentos e se interpõe entre ele e o leito conjugal. Ele quer abraçar a mulher que o espera entre os lençóis, mas não consegue se mover. A imagem da outra o impede. Ele gela como o inverno. Sabe qual é o seu dever, mas não tem forças nem disposição para cumpri-lo. O constrangimento o acabrunha quando a donzela o olha, súplice. Ele não sabe o que dizer; o que fazer. Ela o chama, e ele se deita a seu lado. Ela o enlaça, e ele a sente tremer em seus braços. Ela o beija, e ele responde à carícia. Mas é só. Isolda, a Loura, impede-o de ir além. Envergonhado, ele se justifica:

— Esposa, eu tenho uma confissão a respeito da qual lhe peço segredo. Feri-me nas lutas em defesa das terras de vosso pai e ainda sofro dores atrozes; por isso não consigo me entregar aos prazeres de uma noite de núpcias. Compreendei e perdoai. Muito em breve estarei curado e vos compensarei pela espera.

Compadecida pelo sofrimento dele, ela respondeu:

— Eu compreendo e perdoo. Dói-me saber do vosso padecimento e não pretendo aumentá-lo com recriminações. Do resto, cuidaremos quando vossa ferida sarar. Por enquanto, deixai-me abraçar-vos. Rapidamente dormiremos.

* * *

Semanas se passaram sem que Tristão "sarasse" do ferimento, e Isolda das Mãos Brancas, obedientemente, guardou sigilo sobre as limitações dele. Ninguém no castelo notou as olheiras que sombreavam o seu belo rosto, ou o sorriso triste em seus lábios. Porém, um dia, o segredo escapuliu. Aconteceu durante uma cavalgada, na travessia de um vau. A água do riacho espirrou e caprichosamente molhou suas pernas bem no alto; ela riu de prazer ao contato excitante do esguicho gelado. Kaherdin, cavalgando a seu lado, perguntou-lhe o motivo daquele riso, e ela respondeu:

— Minhas coxas! Este riacho é mais ousado do que o meu esposo e acariciou-me de um modo como Tristão nunca fez.

Pronto! O segredo do príncipe ficara escancarado. O espanto de Kaherdin foi imenso; ele não podia acreditar que o seu querido amigo não fosse quem ele pensava. Olhou para Tristão e Hoël cavalgando bem atrás, e seu primeiro ímpeto foi chamar o impostor e desafiá-lo, ali mesmo; matá-lo sem misericórdia, mas apiedou-se da irmã, pois de modo nenhum desejava expor sua vergonha. Como explicar ao pai a razão daquele duelo? Como lhe dizer, sem humilhar ainda mais a pobre Isolda, que o belo e valoroso Tristão não cumpria com as suas obrigações conjugais? Não! Aquela não era a solução. Melhor saber da irmã os detalhes de sua noite de núpcias.

Alheados do que acontecia, o duque e o príncipe conversavam como bons amigos que eram e chamaram Kaherdin para se juntar a eles, mas o jovem, sufocado pela raiva, fingiu não ouvir e disparou sua montaria pelo vau, provocando muitos risos.

De volta ao castelo, irmão e irmã conversaram sem meias palavras, e ela falou da impossibilidade de Tristão por causa do ferimento recebido em um conflito com os homens do conde Riol de Nantes; e, esperançosa, mencionou a promessa dele de amá-la como esposo assim que a sua ferida sarasse. Kaherdin, sabendo que Tristão mentira, odiou-o ainda mais e lamentou a boa-fé de Isolda, que a fizera calar sobre um assunto tão infame. Beijando-a ternamente na testa, ele saiu à procura do homem que se dizia seu cunhado. Com a mão pousada no cabo do punhal preso ao cinto, interpelou-o; em resposta, Tristão pediu-lhe que o escutasse antes de julgá-lo e, então, contou-lhe sua vida desde o momento em que conhecera Isolda, a Loura, filha de Gormond, rei de Weisefort. Nada omitiu: falou da obsessão do tio, da viagem à Irlanda, do vinho de ervas, da paixão incontrolável, das bodas em Tintagel, dos subterfúgios deles, dos perigos enfrentados, da vida na floresta, dos padecimentos, da volta da amada para Marc e, sobretudo, da extraordinária beleza daquela rainha.

— É a mulher mais linda de toda a Britânia. Seus cabelos dourados, seus olhos azuis, seus traços perfeitos, o porte altivo, o belo corpo fazem-na incomparável. Nenhuma outra lhe faz sombra. Meu coração só a ela pertence, e eu não consigo, veja bem, não consigo me relacionar com outra. Amo-a mais do que à minha própria vida, e a sua ausência me sufoca e me agride. Sem ela, eu não existo.

Kaherdin ouviu a confissão de Tristão e lhe disse condoído:

— Meu querido amigo a quem desejei matar, se existe tal mulher, eu o perdoo por ignorar minha irmã, pois nunca imaginei haver quem despertasse um amor tão poderoso, uma paixão maior do que a própria existência. Se essa é a verdade, se vocês estão destinados a uma união assim, é justo e correto não haver lugar para outro amor, mesmo que ele tenha o rosto de minha irmã. Mas, para apaziguar de vez o meu coração, peço-lhe levar-me à Cornualha para que eu veja se essa Isolda, que é tão amada, retribui o seu amor com um amor igual. Se assim for, minha irmã terá que, para sempre, esperar que o seu ferimento sare.

Emocionados, eles se abraçaram e combinaram viajar imediatamente para a Cornualha. A desculpa seria o desejo do príncipe de rever o velho tio. Ninguém suspeitou da mentira. E, acompanhados por seus escudeiros, Tristão e Kaherdin se dirigiram para o litoral, onde embarcaram rumo à Britânia. Graças aos bons ventos, alcançaram-na em poucos dias e desembarcaram não muito longe de Tintagel, em um porto do castelo de Dinas de Lidan, o senescal de Marc, amigo e confidente de Isolda e de Tristão, um barão que sempre intercedera por eles junto ao rei.

Muito se alegrou Dinas com a chegada do príncipe, que logo perguntou por Isolda.

— Infelizmente, a rainha vive triste e, quando está só, suspira e chora por vós. Marc tudo faz para agradá-la e, na presença dele, ela finge felicidade para não preocupá-lo. Minha vida é terrível e sem finalidade, ela diz.

Tristão implorou:

— Por favor, interceda por mim! Peça-lhe que me receba sem que ninguém saiba. Preciso vê-la para continuar vivendo, nem que seja apenas mais uma vez.

Compadecido do abatimento do príncipe, Dinas concordou em falar com a rainha, mas fez-lhe uma exigência:

— Dizei-me se o vosso amor por Isolda continua tão grande quanto no passado.

— Não, meu amigo! Hoje, meu amor é ainda maior. — E, cabisbaixo, ele falou sobre sua vida na Armórica e sobre os motivos que o levaram a aceitar a mão da ruiva Isolda. Não omitiu sua vergonhosa conduta na noite de núpcias, nem a humilhação que impusera à esposa.

Dinas o escutou com simpatia.

— Pobre Tristão! Vou providenciar o encontro que desejais, mas muito cuidado, pois Tintagel tem olhos e ouvidos.

Emocionado, o príncipe mostrou-lhe o anel de jaspe e lho entregou para que o mostrasse à rainha.

— Ela me receberá, pois, em nossa despedida, declarou: "Envie-me o anel como sinal, e irei ter com você. Não haverá rei, nem mar, nem florestas que me impeçam de vê-lo".

— Se assim foi, a rainha Isolda cumprirá o prometido.

* * *

E ela honrou a palavra dada. Depois de uma troca de mensagens com Dinas, ficou acertado que o encontro com Tristão seria dali a dois dias, quando ela, Marc e toda a corte partiriam para um período de caçadas no castelo de Lancien. Tristão deveria esperá-la escondido atrás de determinado arbusto às margens do caminho e, quando a visse surgir em seu belo palafrém, imitasse o canto dos pássaros e aguardasse. Ela se encarregaria do resto. Nada poderia dar errado.

* * *

O séquito vindo de Tintagel deslocava-se a passo; primeiro o rei com seu grupo, depois Isolda, que cavalgava ao lado do conde Andret. Tristão e Kaherdin aguardavam no lugar combinado. Ao ver a rainha, o irmão de Isolda das Mãos Brancas se deslumbrou com sua beleza e compreendeu a paixão do príncipe. Quando ela se aproximou do arbusto onde eles estavam, Tristão imitou o cantar da cotovia e o do rouxinol. Isolda se deteve como que maravilhada por aqueles pios suaves e, num repente, disse:

— Pássaros do bosque, tomo-os a meu serviço para ouvi-los cantar junto a mim. — E, simulando grande cansaço, declarou: — Volto para Tintagel! Pássaros, sigam-me, pois que esta noite, depois de ouvi-los novamente cantar, eu os recompensarei com gratidão!

Todos acharam muita graça na fala da rainha; todos, menos Andret, desconfiado do discurso aos pássaros; e, como ele conhecia a habilidade de Tristão em imitá-los, intuiu a verdade.

Na primeira oportunidade, Isolda se distanciou do barão e pediu a Perinis que buscasse Brangien, a quem ordenou que vigiasse com atenção a entrada do castelo, pois Tristão iria procurá-la certamente vestindo um disfarce. E foi exatamente o que aconteceu. A aia reconheceu-o sob uma veste surrada e encaminhou-o ao aposento real.

No quarto vazio, Tristão e Isolda mataram suas saudades e vontades. Ele foi sincero e falou-lhe de seu casamento, mas Isolda, sabendo que por amor a ela a esposa continuava virginal, não se importou, e por três dias eles se amaram.

Entretanto, o destino maquinava contra os amantes e preparou-lhes algo terrível, valendo-se de um nobre de Tintagel que desejava a rainha. Sabedor da volta do sobrinho do rei e tendo avistado na mata dois homens embuçados, o nobre pensou que se tratava do príncipe acompanhado de um amigo. Para fazê-los parar, ele os chamou três vezes, invocando a honra de Isolda; mas os homens embuçados, Gorvenal e o escudeiro de Kaherdin, ignoraram o chamado e fugiram, porque a presença deles denunciaria o retorno de Tristão.

O nobre procurou a rainha e contou-lhe o episódio, enfeitando-o um pouco:

— Majestade, eu surpreendi Tristão e outro homem caminhando na mata; ordenei ao príncipe que se aproximasse, convocando-o em nome de vossa honra; porém, como ele não me atendesse, eu o desafiei para um duelo. Entristece-me dizer-vos que o vosso cavaleiro e o outro demonstraram muito medo e fugiram.

O ciúme ronda o amor, e a desconfiança o acompanha. Isolda, lembrando-se do casamento do amado, pôs de lado o bom senso e acreditou na mentira. Assim, quando Tristão a procurou, ela o escorraçou, chamando-o de nomes aviltantes. Sem nada entender, o príncipe insistiu, mas ela escarneceu dos seus apelos e mandou expulsá-lo do castelo. Desiludido, ele partiu para a Armórica no dia seguinte, mas, no momento em que a embarcação levantava âncora, a sensatez de Isolda voltou e ela se lastimou:

— Infeliz da mulher que insulta o seu amor! Chamei Tristão de canalha e, por ciúme da outra, me recusei a ouvi-lo. Agora me desespero, pois meu amado partiu sem saber o quanto me arrependo. Infeliz de mim!

E, angustiada, flagelou seu lindo corpo.

XI
A AVELEIRA E A MADRESSILVA

E Tristão sofre durante todo um ano por amor a Isolda, a Loura. Lembra-se do último encontro e prefere morrer a viver com o desdém da amada. A presença da esposa é um fardo a ser carregado sem alívio. Exaspera-se e desespera-se, atormentado pelo desejo de voltar à Cornualha e rever a outra. Procura um barco de mercadores e parte, sem aviso. Chega a Tintagel e logo pergunta pelos soberanos.

— Estão em seu castelo.

Tristão precisa encontrar um jeito de estar com Isolda sem enfrentar a fúria de Marc. Ele tem uma ideia: pedir para ver os reis fingindo-se de louco, pois é costume de todos os soberanos acolher, para sua distração, os doidos que os procuram.

Para não ser reconhecido, ele se disfarça, trocando de roupa com um homem vestido de gibão gasto e remendado; o traje é perfeito para o tresloucado que ele vai interpretar. Igual aos loucos de verdade, ele corta o cabelo rente ao couro cabeludo e raspa o alto da cabeça. Completando o embuste, tinge o rosto com um sumo de ervas, tornando-se irreconhecível. Para testar o disfarce, diz frases sem sentido fazendo rir os pescadores do porto. Satisfeito com o resultado e para completar a dissimulação, ele usa um pedaço de pau como cajado. Travestido de louco, Tristão parte para encontrar o seu amor.

A aventura corre como planejada: ele tem permissão de entrar para alegrar os reis com seus absurdos e asneiras. Vê Isolda e a acha ainda mais fascinante, apesar do olhar tristonho; o tio, sorridente, pergunta qual é o seu nome e, então, Tristão inicia a representação. Disfarçando a voz, ele responde:

— Meu nome? Não sei, mas sou filho de Urgan, o Peludo! Chamam-me, simplesmente, o Doido.

Marc ri e faz outras perguntas. O louco dá cambalhotas, grita, gesticula e responde com mais asneiras. A corte aplaude as tolices.

O tio quer saber que motivo o trouxe a Tintagel.

Apontando Isolda, o doido explica:

— Vim buscá-la para morar em minha casa nas nuvens e comer estrelas.

As gargalhadas estrondam.

— E por que ela iria com você? — Marc pergunta.

— Porque eu enlouqueci por causa dela.

A rainha não acha graça, mas o rei chora de rir.

A farsa continua, e as falas do louco vão se tornando mais pessoais. Diz que ama a rainha Isolda e que sempre a amou. Que enfrentou um dragão só para conhecê-la, que já matou por amor a ela, que dormiu ao relento para ficar com ela. Isolda se perturba, pensa que o louco sabe demais e pede a Marc que o expulse. Diz-se cansada de ouvir sandices e dirige ao doido palavras ásperas. Chama-o de vadio e de ordinário. Ele não se importa com os insultos e, pegando o cajado, esgrime o ar, duelando com gigantes e anões imaginários. Marc aplaude. O louco, exausto, senta-se no meio do grande salão e descansa. O rei ordena que o recompensem com moedas e, segurando a mão de Isolda, retira-se.

A rainha manda chamar Brangien e conta-lhe a respeito do louco. Está segura de que ele é um embusteiro perverso agindo a mando de Andret para desgraçá-la com o rei. Tem medo dele que, de alguma forma, sabe de sua vida com Tristão. Por isso, ela o maldiz outra vez.

— E se ele for o próprio Tristão? — pergunta a aia.

— Impossível! Ele é horrendo e asqueroso, e sua voz é gutural e áspera. Não pode ser Tristão. Vá procurá-lo e verá.

A moça obedece e tem um disparatado diálogo com o louco; já vai escorraçá-lo quando Husdent, o perdigueiro de Tristão, surge correndo e festeja a presença de seu dono, ganindo e pulando ao seu redor. A felicidade de rever o cão faz o príncipe abandonar a representação e, com voz normal, ele lhe diz muitas palavras afetuosas.

Brangien compreende tudo e, depois de cumprimentar Tristão pelo logro, leva-o ao encontro da rainha. Isolda o abraça e beija com alegria, pedindo-lhe perdão pelas injúrias.

Por três dias os dois se encontram, sempre acobertados por Brangien. Mas três dias não são suficientes para aquietar a paixão, e eles se lamentam. Tristão precisa partir e, com ternura, diz:

— Amiga querida, igual à aveleira e à madressilva, Tristão e Isolda só sobrevivem juntos; só existimos nos braços um do outro; se nos separarmos, só a morte para nos socorrer; somente ela para nos libertar de nossa imensa tristeza. Por isso, este não é um adeus definitivo.

— Não será, meu amado!
É um romance belo e trágico.

* * *

Tristão retorna à Armórica e à Isolda das Mãos Brancas. Vive uma vida sem sentido, com o pensamento sempre em Tintagel. Ele sofre, e sua amargura é ainda maior sem Gorvenal, morto em um confronto com inimigos do duque. O escudeiro lutara bravamente, mas fora subjugado por sete adversários. A perda do mestre e amigo é arrasadora, e ele não tem sua amada para consolá-lo. Sozinho, Tristão chora por seu mestre, por Isolda e por si próprio. É um réquiem feito de lágrimas.

Seu desconsolo é infinito e rouba-lhe a concentração. Ele se descuida. Não tem ânimo. Combate sem interesse. Um dia, deixa-se enganar, cai em uma cilada e paga o preço da desatenção: é ferido por uma lança envenenada. Kaherdin o leva para o castelo, onde vários médicos se debruçam sobre o seu leito; mas eles ignoram qual a substância que o destrói. É um veneno desconhecido, que vem de outras terras, eles dizem.

Os sábios de Hoël tentam de tudo: emplastros, lacerações, banhos quentes, banhos frios, pós e pólvora. Nada faz efeito, e o príncipe piora a cada dia, a cada hora, a cada instante. Isolda das Mãos Brancas se desvela inutilmente. Uma vermelhidão escura circunda a ferida, que não fecha e que pulsa com vida própria. O belo Tristão está desfigurado e quase sem forças. Os médicos balançam a cabeça, sem nenhuma confiança em seus remédios; e o ferido, percebendo aquele sinal inequívoco, chama Kaherdin:

— Amigo, sinto que estou para morrer, mas ainda resta uma esperança: minha bela Isolda. Em sua Irlanda existem ervas para curar os mais terríveis males, e ela as tem em Tintagel. Procure minha amada e deixe que ela veja o meu anel de jaspe; conte-lhe o meu estado e ela virá me salvar. Sei que o seu querer por mim só é igualado pelo desejo que tenho dela. Apesar de afastados por brigas de amor, nós permanecemos um só, e nada nem ninguém pode mudar isso. Nosso amor é indestrutível e transcende qualquer dificuldade. Foi assim no passado e será assim agora e sempre. Ah, Kaherdin, você é a pessoa mais próxima que tenho na Armórica! A única a quem posso pedir para trazer Isolda, a minha amada dos cabelos dourados. — E, mais uma vez, ele a descreve, exaltando sua extraordinária beleza.

Kaherdin o ouve desolado e promete:

— Você é mais do que um cunhado e um amigo: é meu irmão! Eu voltarei com a sua Isolda.

— Meu tempo se esgota, Kaherdin, e, de hoje em diante, apenas a certeza dessa vinda me manterá vivo. E, quando o meu amor chegar, seus conhecimentos espantarão a morte que ronda este quarto. A minha bela amiga me salvará com suas poções secretas. Traga-a o mais breve possível e, quando o seu barco se avizinhar deste castelo, quando esta casa se tornar visível mesmo que de longe, ice, no mastro grande, uma vela branca como sinal da querida presença de Isolda. Eu estarei à janela e poderei sentir as emanações vivificadoras de seu amor por mim. Meu amigo, meu irmão, não mencione esta conversa à minha esposa das mãos brancas. Justifique a viagem dizendo-lhe que vai comerciar com cortes da Britânia. Ela é ingênua e acreditará. Faço-lhe apenas mais um reparo: se, por razões imperiosas, Isolda não estiver com você, ice uma vela negra.

* * *

Isolda das Mãos Brancas, repousando por trás de um reposteiro, ouve o que dizem Tristão e Kaherdin.

O ódio e o amor caminham lado a lado, e é igualmente fácil entregar-se tanto a um quanto ao outro. Um gesto, um olhar, uma palavra fazem a mágica. E, se para tanto uma só palavra basta, que dirá, então, toda uma conversa? A mulher, que entendera e aceitara o "impedimento" de Tristão, sente-se traída além do suportável e mergulha em uma raiva surda. Num átimo, consome-se e exaure-se. No vazio em seu peito instala-se o terrível desejo de vingança. Cega de ódio, ela tem necessidade de ferir os responsáveis por sua miséria. Feri-los a que preço for, sem nem mesmo pensar no que lhe caberá pagar em troca. E, jubilosa, ela arquiteta um plano.

* * *

Kaherdin chega ao porto de Tintagel e, em nome do duque de Hoël, apressa-se em pedir para ver os soberanos. No grande salão, ele se diz mercador e exibe ricos brocados; fala que vem da Armórica e que tudo o que deseja é a garantia de poder negociar as suas mercadorias em paz.

Enquanto conversa, Kaherdin apanha várias peças de metal, e entre elas Isolda vê o anel de jaspe que dera a Tristão. De imediato, compreende que o "mercador" traz notícias dele. Seu coração bate forte: o anel é sinal de que seu amor precisa dela; ela tem que ir; não há, no mundo, pessoa ou fato que a impeça.

— Mercador, deixe-me ver de perto este lindo brocado — ela pede. E, quando Kaherdin se aproxima, pergunta-lhe baixinho pelo amado.

Kaherdin sussurra:

— Majestade, Tristão está na Armórica, no castelo de meu pai. Ele foi envenenado por uma lança e está à beira da morte. Manda-vos todo o seu amor e clama por vossa presença, pois só vós podeis salvá-lo.

Com muito esforço, para esconder de Marc o medo que a invade, Isolda murmura:

— Procure minha aia Brangien e conte-lhe o estado desesperador de Tristão. Combinem como fazer para que eu o acompanhe à Armórica. E prometa-me que partiremos amanhã, quando o sol despontar. Não há tempo a perder.

— Assim será!

Ninguém no grande salão se importa com a troca de palavras entre a rainha e o mercador; ninguém, salvo o astuto Andret, que, sempre desconfiando de algo relacionado a Tristão, resolve ficar atento.

Brangien e Kaherdin concebem um jeito para retirar Isolda de Tintagel. A aia lhe diz que as espere no porto, ao raiar da aurora. Depois, vai ter com a rainha. Isolda junta suas ervas e poções e se prepara para a viagem. Auxiliada pela amiga fiel, ela deixa o castelo antes do amanhecer e, protegida pela escuridão, caminha em direção ao cais. Não sabe que Andret a segue. O barão passara a noite vigiando o portão do castelo e flagrara sua saída. Com o pensamento na Armórica, Isolda não dá por ele. No porto, ela vê Kaherdin aproximando-se para ajudá-la. Seu barco de vela vermelha está pronto para partir; Isolda vai embarcar e, nesse momento, Andret sai das sombras e avança contra o estrangeiro. Sua ideia é matar o "mercador", subjugar a rainha e entregá-la ao ódio de Marc. Quer vê-la arder na fogueira. Mas Kaherdin é mais ágil e o ataca com um remo. Bate-lhe até vê-lo imóvel. O último dos quatro barões desleais está morto. Isolda e Brangien se despedem.

A âncora é levantada e o barco zarpa. Kaherdin garante a Isolda uma viagem rápida e segura. Mas ele se engana, pois a meio caminho uma borrasca os surpreende. A embarcação treme e o mar se agita em gigantescas ondas; raios riscam o céu e uma chuva torrencial desaba. Um vento insano zune e rodopia. As velas são abaixadas, mas, mesmo assim, seus mastros se quebram com as rajadas da ventania possessa. O barco desgovernado fica ao sabor da tempestade, e Isolda se desespera. Ela precisa chegar a tempo de salvar Tristão. A tormenta perdura por sete dias e outros três são gastos nos reparos necessários. O tempo perdido é demasiado. Entretanto, Isolda e Kaherdin ainda confiam. Todos os esforços são feitos para vencer rapidamente a distância que falta percorrer; por fim, a falésia que bordeja a Armórica é avistada.

— Chegamos, Majestade! — grita Kaherdin. — Icem a vela branca, homens!

Isolda se rejubila.

* * *

No castelo de Carhaix, Tristão definha. Por muitos dias ele se arrastara até a janela à procura de uma vela branca, porém, agora, isso já não é possível: as forças lhe faltam e ele jaz no leito. Quem avista a embarcação é Isolda das Mãos Brancas.

— Tristão, Kaherdin está de volta! Seu barco está contornando a falésia.

O príncipe tenta levantar-se.

— Qual é a cor da vela do mastro grande?
— É preta!
Tristão estremece. Não pode acreditar.
— Tem certeza?
— Vejo-a muito bem! É preta; negra como a cor do meu pior pesadelo.

Tristão dá um longo suspiro, e lágrimas escorrem de seus olhos. Isolda não mais se importa. Desconsolado, ele abre mão da vida, e suas últimas palavras são: "Isolda, meu amor, minha amada".

* * *

A rainha de Tristão desembarca e corre para o castelo. De tanta pressa, seus pés mal tocam o chão. O povo de Carhaix admira-se com a beleza da desconhecida, que de tão esplendorosa parece uma ilusão, uma miragem. Quem será? O que veio fazer?

Ela chega ao castelo e, ansiosa, pergunta:
— Onde está o cavaleiro Tristão?

Os guardas a conduzem aos aposentos de Isolda das Mãos Brancas, onde, no grande leito, jaz o corpo do amado. Aos gritos, a esposa chora o homem que a desprezou. Sem piedade daquele pranto, a rainha toma de seu braço e a empurra para longe.

— Afaste-se dele que é meu por direito — ela diz, altiva. — Foi a mim que ele amou, e eu pertenço a ele, que me possuiu antes do rei. Sua presença aqui é indesejável.

A esposa virgem olha para a recém-chegada, e sua fisionomia se contrai, pois a detalhada descrição daquela beleza não lhe fez justiça. A irlandesa ultrapassa tudo o que dela ouviu por detrás do reposteiro. Sente-se inferior, e a humilhação aumenta o ódio da rival estrangeira; desespera-a, também, a expressão intensa naquele rosto: é algo mais do que dor; é um sublime arrebatamento. Uma grande perturbação envolve Isolda das Mãos Brancas. Deseja insultar a amada de Tristão e diminuí-la de alguma forma, mas a majestosa presença a intimida.

— Saia deste quarto! — diz a rainha.

Não é um conselho; é uma ordem a ser obedecida. E, ao sair, a virginal Isolda, dividida entre seu rancor pela outra e uma súbita piedade por si mesma, confidencia baixinho: "Pobre de mim, que amo e sofro sem que ninguém se importe com a minha desdita".

Sozinha com o seu amor, a Isolda de Tristão inclina-se sobre o amante querido e, na solidão da vida sem ele, canta-lhe docemente:

Belo amigo, seus beijos incendiaram o meu coração,
tal como a chama voraz incendeia a madeira do braseiro.
Amado, entre nós tem que ser assim:
meu corpo junto ao seu corpo para que o ardor desta paixão
nunca feneça.

Então, deita-se sobre a figura inerte, envolve-a em seus braços, beija-lhe os lábios e, serenamente, se deixa levar pela morte.

POSFÁCIO
UMA HISTÓRIA PARA NINGUÉM ESQUECER

Dos romances de amor trágico, Shakespeare nos legou dois inesquecíveis: Otelo e Desdêmona; e Romeu e Julieta. Nas duas peças, a paixão cede lugar ao engano — na primeira, a causa é a inveja e o ciúme; na segunda, o ódio e a ambição entre famílias inimigas. Neste caso, uma nuance de destino trágico se delineia, à luz de desencontros imprevisíveis, não apenas tramados, como no caso do mouro a serviço de Veneza. Com Tristão e Isolda, as motivações se mesclam, e o fado aparece como decisivo para transformá-lo em mito.

Nasce de uma lenda celta que deambula pela Europa no final do primeiro milênio graças à oralidade e ao reconto, até ancorar-se no início do segundo, em meio a autores normandos do amor cortês medieval, resgatados por penas francesas (Chrétien de Troyes, Marie de France), inglesas (Thomas da Inglaterra, Thomas Mallory) e ainda alemãs (E. von Oberg, G. von Strasburg), ora dentro, ora fora do ciclo arturiano, por vozes trovadorescas, transformando-se em ópera wagneriana e se difundindo com o romantismo.

O trágico da existência humana está na impossibilidade de controlar seu tempo e destino, por mais sábio, valoroso e generoso que seja o homem: às vezes, olhando o passado, somos capazes de entender os caminhos da paixão e o desenlace; em outras, os fios embaralham-se insuspeitadamente e recordamos as moiras, que, a seu gosto, promovem um desfecho nefasto quando se está a um passo da harmonia.

Uma história com essa força — envolvendo magias, poções, enganos, abandonos, disputas, lealdades, traições, simbologias e mistérios — poderia parecer afastada da pós-modernidade, com a sua distância da universalidade, do absoluto, da permanência; estamos no tempo do fragmento, do relativo, do efêmero. Contudo, a condição humana não pode abdicar de seu desejo, de sua expectativa de plenitude, e controlar a ansiedade pelo bem-estar, pela felicidade duradoura. Mas o que nos cabe é, afinal, a contingência. Não há insubmissão, aflição, indiferença que possam domar as circunstâncias que estão além da vontade de cada um.

Claro está que, entre Ulisses na sua odisseia e Tristão na sua tragédia, vai-se mais de um milênio e se esboça uma elaboração que, pouco a pouco, retira dos deuses o poder de interferir na vida dos homens, mas os deixa cada vez mais entregues a seus atos e aos de seus contemporâneos. Não chegamos aos pensadores renascentistas que inauguram o império da razão e que, do iluminismo, postulam um saber tudo que promete nosso domínio sobre os males e sobre a própria natureza. Sabemos que a ciência e a tecnologia são extensões poderosas da mente humana, mas seu coração, isto é, seus afetos, sentimentos e percepções, tem aspirações que a inteligência pura não sossega.

Por isso, não se trata de investida anacrônica, a que faz Lia Neiva, na retomada desta memória mítica, para lembrar aos jovens de hoje que há amores que valem a vida e que não há poder que possa governar o destino que cada homem elege para si: muitas são as ingerências do tempo, das circunstâncias e circunstantes, embora possamos desejar e buscar realizar nosso bem-querer; a questão é: sabemos qual é ele? Como sabê-lo? Narrativas como esta dão muita linha à imaginação e ao pensamento, para que aprendamos as dobras da vida e nos tornemos mais sujeitos dela.

Em português, no Brasil, algumas poucas versões se apresentaram recentemente, e, sem pretender comparações, adianto que o ritmo da narração, o enredo absolutamente bem urdido e a riqueza das imagens deste reconto de Lia Neiva são admiráveis na conquista de leitores experientes em busca de aventura e ação, que vão esbarrar com a ética, a discussão moral, as relações de amor e amizade, direito e dever. Mas também leitores inexperientes, neoleitores, podem ser seduzidos pela história fascinante, pela linguagem sem rebuscamentos, pela sucessão ágil dos acontecimentos, embora a história pareça longa.

Basta que um bom mediador aponte no mapa-múndi o universo espacial da narrativa, apresente na linha do tempo a era provável dos eventos, comente o mundo da cultura celta, sua remanescência na cultura contemporânea e as lutas de um amor maior que o medo e a morte: a viagem estará com bilhete carimbado de ida e volta para uma discussão viva sobre a liberdade, o desejo, as tramas, a virtude e o vício, a sagacidade e a limitação humana.

Tristão e Isolda, pelo volume de experiências que propicia, está entre as obras clássicas que abrem caminho para outras leituras que nos resgatam mundos distantes do nosso, aparentemente, e, no entanto, podem alimentar o debate sobre nossa autonomia frente ao sistema, à sociedade e a ditos acasos que nos acompanham. Coincidência ou não, este livro narra de novo uma história que não morre no coração dos homens, justamente numa época em que se dá conta da enorme carência de afetos seguros e duradouros, comprometidos, que nos ameaça e nos torna frágeis, inseguros. A obra é corajosa, sem julgamentos fáceis, sem maniqueísmos costumeiros que separam bons e maus, mocinhos e vilões: vilania e integridade não estão isoladas e só raramente a História nos deixa entrever figuras que superaram os limites.

Fruto evidente de pesquisa, nesta bela adaptação — que é uma forma de mediar histórias por esta ou aquela razão já rarefeitas em sua circulação — há o dedo mágico de uma escritora experiente, que sabe seduzir o leitor com a linguagem que narra sensibilizando, estimulando o imaginário e abrindo o horizonte para fazer ecoar os impasses das personagens na reflexão das pessoas. Uma história como esta, bem contada, não tem idade, nem ela, nem seus leitores.

ELIANA YUNES
Doutora em letras, crítica e especialista em leitura

Este livro, composto na fonte Fairfield, foi impresso em
papel pólen natural 70g/m² na gráfica Rettec.
São Paulo, Brasil, dezembro de 2022.